AS ESFERAS DO PODER

WILLIAM C. GORDON

AS ESFERAS DO PODER

Tradução de
Renato Prelorentzou

EDITORA RECORD
RIO DE JANEIRO • SÃO PAULO
2016

CIP-BRASIL. CATALOGAÇÃO NA PUBLICAÇÃO
SINDICATO NACIONAL DOS EDITORES DE LIVROS, RJ

Gordon, William C.

G671e   As esferas do poder / William C. Gordon; tradução de Renato Prelorentzou. – 1a ed. – Rio de Janeiro: Record, 2016.

Tradução de: The Halls of Power
ISBN 978-85-01-10777-0

1. Ficção americana. I. Prelorentzou, Renato. II. Título.

16-34362   CDD: 813
                             CDU: 821.111(73)-3

TÍTULO ORIGINAL:
The Halls of Power

Editoração eletrônica: Abreu's System

Direitos exclusivos de publicação em língua portuguesa somente para o Brasil adquiridos pela
EDITORA RECORD LTDA.
Rua Argentina, 171 – Rio de Janeiro, RJ – 20921-380 – Tel.: (21) 2585-2000, que se reserva a propriedade literária desta tradução.

Impresso no Brasil

ISBN 978-85-01-10777-0

Seja um leitor preferencial Record.
Cadastre-se no site www.record.com.br e receba informações sobre nossos lançamentos e nossas promoções.

Atendimento e venda direta ao leitor:
mdireto@record.com.br ou (21) 2585-2002

EDITORA AFILIADA

Este livro é dedicado a Clive Matson,
meu professor de escrita, que me guiou por seis romances.

Sumário

PARTE I

Acidente?

Era final de setembro de 1963, uma manhã agitada na Conklin Chemicals. O ar estava fresco, e o céu estava claro e azul até onde a vista alcançava.

Em seu escritório, Chad Conklin, o dono da empresa, assobiava feliz e repassava a programação de entregas com Sambaguita Poliscarpio, seu diretor de operações filipino. Com um metro e noventa de altura, o elegante e bronzeado Conklin parecia um gigante comparado ao diminuto funcionário. Eles olhavam pela janela — localizada no bairro de South of Market, bem perto da Third Street — para a cintilante baía de São Francisco.

— Temos que limpar o reservatório maior, e rápido, porque os produtos químicos vão chegar ao meio-dia — disse Conklin a Sambaguita. — Precisamos fazer a mistura e deixar o carregamento pronto até depois de amanhã.

Sambaguita balançou a cabeça.

— Não sei se vamos conseguir fazer tudo isso em tão pouco tempo, chefe. Uma outra mistura deixou muitos resíduos no tanque do reservatório maior, e só vamos conseguir retirá-la raspando o fundo e as laterais. Teremos que virar o tanque de lado para colocar um maquinário lá dentro comprido o bastante para fazer o trabalho e usar um guindaste para colocar o tanque de volta em sua posição.

— Não, não, não — rebateu Conklin. — Coloque um dos nossos homens no cesto do guindaste e mande-o para dentro do tanque. Ele vai encher os baldes de resíduos em poucas horas.

— Não sei, não, chefe. A substância é tóxica demais. Acho que um homem não consegue fazer tudo isso sozinho.

— Ora, então mande logo dois homens com baldes, em vez de um só. — Conklin deu uma risada e se virou, voltando sua atenção para os outros preparativos do grande carregamento que chegaria ao meio-dia.

Ainda balançando a cabeça, Sambaguita saiu para o pátio e olhou para o tanque misturador de cinco metros de altura. Foi até o operador do guindaste e disse:

— Vou entrar no cesto, e aí você me levanta. Quero dar uma olhada dentro do tanque.

O operador baixou o cesto. Sambaguita entrou nele e foi içado para o topo do tanque. Com uma lanterna, iluminou a abertura de mais de um metro de diâmetro e viu uma camada de cerca de sessenta centímetros de resíduos acumulados no fundo. Sentado no cesto, calculou que seriam necessários dois homens e dez baldes cada um para retirar o material, antes que o tanque pudesse ser lavado. Ao mesmo tempo, sentiu uma lufada de cheiro tóxico. Depois de dez segundos, os vapores o deixaram tão tonto que ele ficou ainda mais preocupado com a segurança de seus funcionários.

— Ok, pode me tirar daqui — ordenou.

Quando o cesto tocou o chão, ele voltou correndo para o escritório. Conklin estava ocupado com o contador, mas Sambaguita os interrompeu.

— É perigoso demais colocar nossos homens lá dentro. Os gases vão matá-los.

Conklin se ergueu com toda a sua estatura e olhou de cima para Sambaguita.

— Mas que saco, SP, eu dei uma ordem. Quero aquele tanque pronto ao meio-dia. Agora mexa esse traseiro e bote dois funcionários dentro do tanque, e não quero dois inúteis. Ponha os melhores homens que temos lá dentro, para que o serviço seja bem-feito.

— Estou avisando, chefe, a situação está muito ruim. Não tem ventilação.

— Bobagem! — esbravejou Conklin. — Pelo visto vou ter que assumir essa responsabilidade — E saiu pisando forte em direção ao pátio. — Sanchez, venha aqui.

Roberto Sanchez, um imigrante ilegal vindo de Jalisco, México — baixo e magro, com angulosos traços indígenas e olhos castanhos e inteligentes —, era um gênio da mecânica. Deixava todo o maquinário da Conklin Chemicals tinindo, às vezes valendo-se apenas de uns fios e fitas. Ele parou de lavar as mangueiras de um tanque químico e veio se apresentar diretamente à Conklin. Também era um homem bem pequeno, comparado ao patrão.

Conklin baixou os olhos para o belo rosto do funcionário.

— Está vendo aquele tanque ali? Chame mais um homem, entre lá com o cesto do guindaste e limpe tudo até o meio-dia. *Comprende, chico*?

— Compreendo — disse Roberto, que escutava atentamente. Sempre ouvia o chefe com atenção e lhe obedecia, porque o emprego era muito importante para ele e para sua família.

Conklin se virou para seu diretor de operações.

— Poliscarpio, pegue duas máscaras de respiração no depósito de ferramentas.

Sambaguita foi até o depósito e examinou rapidamente as máscaras da empresa, que estavam todas penduradas em uma das paredes. Havia apenas cinco máscaras para quinze funcionários, e nenhuma delas jamais havia sido utilizada. Eram ajustadas à cabeça por uma tira de couro presa ao plástico, e uma mangueira se ligava a um cilindro semelhante ao de mergulho, o qual tinha alças para ser carregado nas costas do trabalhador. Ele passou os olhos pelas datas de validade dos cilindros de oxigênio e viu que estavam todos vencidos havia muito tempo.

Saiu do depósito e gritou para Conklin:

— Não tem mais ar em nenhum dos cilindros.

— Deixe-me ver — ordenou Conklin, correndo até o depósito. Pegou uma das máscaras e a colocou sobre o rosto, abrindo o oxigênio. O cilindro soltou um chiado, então ele decidiu que estava funcionando bem.

— Não se preocupe, SP. Pela minha experiência na Marinha, sei que essas coisas duram para sempre.

Ele entregou duas máscaras a Roberto, que, a essa altura, já tinha chamado seu primo, Carlos Sanchez, para ajudá-lo.

— Ponham isso quando estiverem lá dentro do tanque.

— *Sí, señor* — responderam Roberto e Carlos.

Então eles foram até o cesto do guindaste com o equipamento em mãos. Calçaram botas e luvas de borracha, encaixaram vários baldes um dentro do outro e subiram no cesto, que tinha quase um metro de profundidade. O operador os içou até o topo do tanque. Eles ficaram de pé no meio do cesto, segurando no cabo do guindaste. Quando se aproximaram da abertura do tanque, Carlos fez sinal para o operador centralizar o cesto.

Roberto e Carlos colocaram as máscaras de respiração e foram lentamente baixados até o fundo. Nervosos, olharam um para o outro, desceram do cesto e começaram a escavar os resíduos, jogando-os para dentro dos baldes com suas pás. As máscaras eram apertadas demais para permitir que eles falassem, mas, entre um movimento e outro da pá, Carlos ficava apontando para a máscara, fazendo cara de incomodado. Depois de encher os baldes, os operários os colocaram dentro do cesto. Carlos deu um puxão na corda, e o cesto foi lentamente alçado para fora do tanque, esvaziado de sua carga e devolvido aos dois. Carlos gesticulou para

Roberto, tentando dizer que deviam trabalhar mais rápido para cair fora dali o quanto antes.

Estavam colocando os baldes no cesto pela segunda vez quando Carlos cambaleou. Roberto o agarrou, mas não conseguiu evitar que o primo caísse de cara naquela substância tóxica. Puxou-o e sacudiu a corda. O operador do guindaste, pensando que a carga estava pronta, içou o cesto para fora do tanque e só depois viu que estava vazio. Roberto continuava a sacudir a corda freneticamente, ao mesmo tempo que tentava retirar Carlos de cima dos resíduos.

Quando Sambaguita viu o cesto surgir vazio e notou o olhar confuso no rosto do operador do guindaste, percebeu que havia algum problema.

— Leve-me até lá, rápido — ordenou.

O operador rapidamente baixou o cesto até o chão. Sambaguita pegou uma máscara e fez sinal para que fosse içado até o topo do tanque. Antes de cobrir a boca e o nariz com a máscara de respiração, gritou para um operário:

— Chame a ambulância e os bombeiros, diga que é uma emergência!

Então, com um sinal, mandou o operador do guindaste baixá-lo para dentro do tanque. Assim que entrou, viu Roberto tentando manter o corpo de Carlos, todo coberto de sedimentos, acima da imundície.

Quando Sambaguita chegou ao fundo, agarrou Carlos e tentou levantá-lo, mas seu corpo inerte escorregava de suas mãos. Por fim, conseguiu pegá-lo pelos braços mesmo com o uniforme imundo e jogou o homem inconsciente sobre os ombros, com a ajuda de Roberto. Ele pôs Carlos sentado dentro do cesto, deixando os braços e as pernas soltos no ar. Sambaguita puxou a corda, mas, nesse instante, a máscara falhou e ele inalou o gás tóxico. Desmaiou, caindo sentado nos sedimentos.

Conklin veio correndo do escritório assim que o cesto saiu do tanque com Carlos desmaiado. Roberto também estava no cesto, vomitando e respirando com dificuldade. O operador gritou para o patrão que Sambaguita ainda estava dentro do tanque.

Agindo rapidamente, Conklin tirou Carlos e Roberto do cesto e os deitou no chão. Depois pegou uma das máscaras restantes e abriu o oxigênio, mas o cilindro não estava funcionando. Jogou a máscara de lado e fez sinal para o operador içá-lo. Quando chegou ao alto, olhou para dentro do tanque e viu SP largado, imóvel, no meio de toda aquela substância tóxica.

Conklin lembrou-se de seu treinamento na Marinha novamente.

— Quero entrar e sair do tanque em trinta segundos, entendeu?

O operador fez sinal de positivo, olhou para o relógio e baixou o cesto para dentro do tanque. Conklin prendeu a respiração.

Assim que o cesto mergulhou no que restava de sedimentos no fundo do tanque, Conklin pulou para fora, agarrou Sambaguita e o chacoalhou, mas não notou qualquer reação. Ele o colocou dentro do cesto, puxou a corda, e os dois foram içados para fora. Toda essa operação durou menos do que os trinta segundos previstos. Conklin pôde respirar mais uma vez, mas os gases tóxicos faziam lágrimas escorrerem por seu rosto.

Antes mesmo que chegassem ao chão, Conklin já tinha arrancado a máscara de SP e agora fazia pressão sobre seu abdome em um ritmo compassado. Puxou-o para fora do cesto, deitou seu corpo de braços abertos no chão e se ajoelhou sobre ele, as mãos trabalhando frenéticas sobre o diafragma do homem inconsciente. SP começou a se mexer enquanto um funcionário jogava água com uma mangueira nos outros dois homens, tentando tirar a substância tóxica.

Quando os bombeiros finalmente chegaram, os operários da empresa estavam cuidando de Carlos, mas era tarde demais. Roberto tremia e continuava vomitando, os olhos ainda ardendo, mesmo depois de terem sido lavados.

Aos poucos, Sambaguita recuperou a consciência, mas também tinha dificuldade de respirar. Quando os paramédicos chegaram para levá-lo, Conklin se abaixou e sussurrou em seu ouvido:

— Bico fechado, meu amigo. Você não sabe de nada, entendeu? Lembre-se: eu salvei sua vida e vou cuidar de tudo. É só ficar de bico fechado.

* * *

A ambulância que levava Roberto e Sambaguita para a unidade de tratamento respiratório do Hospital Geral de São Francisco saía no mesmo instante em que Samuel Hamilton, repórter do jornal matinal da cidade, e Marcel Fabreceaux, seu fotógrafo, chegavam no Ford 1947 verde de Marcel. O fotógrafo ainda conseguiu tirar uma foto da ambulância acelerando na rua. Antes da partida, um dos paramédicos da ambulância tinha usado o telefone do escritório de Conklin para avisar ao médico-legista que um homem fora declarado morto no local.

Samuel Hamilton havia começado no jornal vendendo anúncios de classificados, mas sua investigação sobre a morte de um amigo, que em um primeiro momento parecia suicídio, acabara resultando em um grande caso envolvendo tráfico de drogas e assassinato em Chinatown, que ele resolvera de forma brilhante. Como consequência, ele conseguiu abrir caminho para se tornar repórter. Desde então, ele e o tenente Bruno Bernardi, detetive do Departamento de Homicídios da Polícia de São Francisco, vinham trabalhando juntos para solucionar outros casos importantes.

Embora estivesse abalado, Conklin sabia como manter as coisas sob controle. Ainda de joelhos, tentando reanimar Carlos, tinha usado a visão periférica para notar Marcel tirando sua fotografia e Samuel com um bloco de anotações nas mãos.

Com o rosto vermelho e ainda lacrimejando por causa dos gases, Conklin se levantou e foi em direção a Samuel, deixando seu contador com o operário caído.

— Estou tentando salvar a vida de um homem aqui, e vocês estão atrapalhando, então saiam da minha propriedade! — Sua imponente figura partiu para cima de Samuel, Marcel e dos outros dois repórteres que também tinham aparecido no local.

— Que tal uma declaração para explicar como o acidente aconteceu? — perguntou Samuel, aparentemente imperturbável com a postura agressiva do empresário. Marcel continuava a tirar fotos de Conklin.

— Seus filhos da mãe, vocês não entenderam? Isso aqui é minha propriedade, quero vocês fora daqui e tenho o direito de usar a força se for necessário.

Ele pegou uma pá e foi para cima dos repórteres. Quando se aproximou novamente deles, Samuel, Marcel e os outros jornalistas já tinham recuado até a entrada da empresa. Conklin bateu o portão e o trancou com um cadeado.

— Leia o jornal de amanhã, você estará lá — berrou Samuel para Conklin, que corria para o escritório e batia a porta.

Dez minutos depois, o tenente Bernardi apareceu com Philip Macintosh, seu perito criminal, e muitos outros policiais. Bernardi era atarracado, com um metro e setenta de altura, corpo de lutador e nariz achatado, uma recordação de seus dias de briga na escola. Estava com seu terno marrom de sempre e tinha cabelos curtos do mesmo tom. Enquanto saía de seu Ford Victoria 1960 preto com uma sirene azul presa ao teto, Samuel se aproximou.

— Olá, Bruno, temos um completo idiota lá dentro. Ele bateu o portão e nos trancou do lado de fora. Espero que você esteja preparado para isso.

Bernardi deu risada.

— Pelo amor de Deus, Samuel, você sempre chega antes de nós. Como consegue?

— Acompanho a frequência da polícia no rádio e tenho muitos amigos — respondeu o repórter. — Alguém deve ter morrido, senão você e Mac não estariam aqui.

— Pois é. Foi o que me disseram. Parece que o sujeito foi exposto a produtos químicos, mas só vamos saber quando conseguirmos entrar e dar uma olhada.

— Vimos um corpo no chão perto de um tanque, e parecia que as pessoas estavam mexendo nele. Meu palpite é adulteração de provas. Mas aquele desgraçado nos botou para fora tão rápido que não sei o que ele poderia estar tentando esconder. Se você não me levar junto, vou ter que esperar Marcel revelar as fotografias.

— Vocês tiraram fotos do corpo? — perguntou Bernardi.

— Acho que sim — respondeu Samuel. — Não é, Marcel?

— Sim, senhor — disse Marcel. — Ele parecia muito mal.

— Posso publicá-las? — quis saber Samuel.

— Você conhece as regras nessas investigações, Samuel. Primeiro, temos que ver se elas podem ser usadas como provas no processo criminal.

— Publicar as fotos não vai mudar nada — reclamou o repórter. — Estávamos aqui antes de todo mundo e não adulteramos nada.

— Está certo. Só fique fora do meu caminho e não toque em nada — ordenou o detetive. — Ei, você aí dentro, abra o portão — gritou Bernardi bem alto. — Aqui é o Departamento de Polícia de São Francisco, e estamos investigando um possível homicídio.

Como não recebeu nenhuma resposta, foi até seu Ford Victoria e abriu o porta-malas. Pegou um megafone e voltou ao portão.

— Aqui é o Departamento de Polícia de São Francisco. — Sua voz ecoou alto dentro da empresa. — Se vocês não destrancarem o portão, vamos arrombá-lo, porque temos motivos para acreditar que um crime foi ou está sendo cometido aí dentro. E, se tivermos que arrombar o portão, vamos prendê-los por interferirem na investigação policial. Vocês têm um minuto.

Ele baixou o megafone e deu uma piscadela para Samuel. Antes que o prazo se encerrasse, Conklin surgiu de trás do prédio e veio caminhando em direção ao portão da frente. Seus cabelos loiros estavam partidos de lado e impecavelmente penteados. Ele usava óculos escuros e vestia um blazer azul-marinho com o emblema do Iate Clube Saint Francis no bolso.

— Desculpe, tenente. Tinha todo tipo de gente tentando invadir o local, e nós estávamos tentando salvar a vida de um infeliz. Tive que trancar o portão.

— Onde está o homem morto? — perguntou Bernardi enquanto Conklin abria o portão.

— Entendo que a polícia tenha de fazer seu trabalho, mas esta é uma propriedade privada, e eu não quero ninguém que não seja da sua equipe aqui dentro.

— Certo — disse Bernardi.

O detetive acenou para Philip Macintosh, o perito criminal, e para os outros policiais. Eles passaram pelo portão. Samuel tentou ir atrás deles, mas Conklin interveio.

— Você não, seu idiota. — Ele bateu o portão e o trancou mais uma vez, depois se virou e foi atrás de Bernardi.

— Se eu fosse o senhor, não trancaria o portão — sugeriu Bernardi. — O médico-legista está vindo, e ele não gosta de ficar esperando.

— Vou abrir assim que ele chegar — respondeu Conklin.

— Pode me contar o que aconteceu?

— Meu advogado me instruiu a não falar nada — disse Conklin.

— Vou tomar nota disso. Quem é aquele ali, abaixado sobre o corpo?

— É meu contador, e o homem ao lado dele é o operador do guindaste.

— Certo, agora se afaste e não atrapalhe meu trabalho.

— Não posso escutar o que o senhor vai perguntar a eles? — quis saber Conklin, limpando as mãos nas calças e cruzando os braços em seguida.

— Não. Já que o senhor optou pelo silêncio, vá para sua sala, se é que tem uma. Vamos entrar em contato quando terminarmos aqui.

— Espere aí, esta é a minha empresa. Tenho o direito de ouvir.

Bernardi chamou um sargento que o acompanhava.

— Leve esse homem para o escritório dele e, se ele causar algum problema, algeme-o e leve-o para a delegacia.

— Sim, senhor — assentiu o sargento, conduzindo Conklin.

— Um carregamento de produtos químicos está para chegar ao meio-dia, e é dos grandes — retrucou Conklin, olhando para trás. — Preciso recebê-lo. — Ele esfregou as mãos e olhou para o relógio.

— O senhor vai ter que dizer para voltarem outra hora. Nesse momento, sua propriedade é cenário de uma investigação policial.

Conklin virou-se abruptamente, entrou irritado no escritório e bateu a porta.

Bernardi foi conversando com um de seus sargentos até chegar ao tanque misturador onde Philip Macintosh tirava fotos do operário morto.

— Fique de olho no Senhor Figurão e, se ele usar o telefone, anote o horário e a duração da conversa, para que depois a companhia telefônica possa nos informar com quem ele falou.

Quando o médico-legista chegou, Conklin foi até o portão para destrancá-lo. A viatura que trouxe o médico seguiu até o local do acidente, onde Bernardi o aguardava.

— Oi, Barney — cumprimentou o detetive.

— O que temos aqui? — perguntou Barney McLeod, um irlandês alto, magro e com ralos cabelos castanhos. Era carinhosamente chamado de "Cara de Tartaruga" por causa do pescoço comprido e do fato de que jamais sorria.

— Ao que parece, ele ficou tempo demais dentro do tanque — explicou Bernardi. — Eu ia começar a interrogar o operador do guindaste agora.

— Vi seu amigo lá fora.

— Samuel?

— O próprio. Vocês dois são inseparáveis. O que aconteceu?

— O dono não quis deixá-lo entrar. Deve conhecer a reputação dele.

Barney deu risada.

— Um legítimo cão de caça. Um verdadeiro guerreiro contra o crime.

Os dois foram juntos até o local onde estava estirado o corpo de Carlos Sanchez. Embora estivesse todo coberto com os sedimentos do tanque, o rosto, contorcido, estava limpo. O legista analisou-o.

— Alguém limpou esse cara. Ele deveria ter bile verde escorrendo da boca e do nariz, e seus olhos deveriam estar abertos e inexpressivos.

— O fotógrafo de Samuel tirou umas fotos de Conklin sobre o cadáver.

— Preciso falar com esse fotógrafo. Talvez ele tenha flagrado o cara enquanto estava limpando o corpo. Isso é crime. — Fez sinal para seu fotógrafo tirar fotos do rosto e da cabeça do morto. — Um belo rapaz, provavelmente era bem saudável.

Ele tirou um espelhinho do bolso do jaleco branco e o colocou diante do nariz e da boca da vítima. O espelho não embaçou. Em seguida, tirou o estetoscópio e verificou os batimentos. Nada. Depois se ajoelhou e examinou os olhos do cadáver.

— Pelos vasos sanguíneos estourados na parte branca dos olhos, parece que ele foi envenenado, provavelmente pelos gases do tanque. Você conhece esse cheiro, não, tenente? — E voltou a fechar com cuidado os olhos do trabalhador morto.

— Acho que não — respondeu Bernardi.

— Lembra a mistura de cianureto que usam na câmara de gás de San Quentin para executar assassinos condenados.

Bernardi mordeu o lábio e balançou a cabeça.

— Pobre coitado, ele recebeu sua sentença, mas seu único crime foi vir para a Califórnia em busca de um futuro melhor.

Cara de Tartaruga deu de ombros.

— Você tem razão. — Ele acenou para seus subordinados. — Tudo certo, rapazes, podem levá-lo.

— Vou embora daqui a uns dez minutos, tenente. Depois me diga o que as testemunhas falaram. Vou aguardar notícias suas antes de anunciar oficialmente a causa da morte. Se você não puder me dar uma relação clara de causa e efeito, talvez eu tenha que pedir a abertura de um inquérito.

Seus homens puseram o corpo em um saco fechado com zíper, depositaram-no sobre a maca, levaram-no até a viatura que trouxe o médico-legista e colocaram-no na parte traseira. Todos entraram no carro, que seguiu buzinando até o portão. Conklin saiu do escritório para destrancá-lo. A viatura andou mais um pouco e parou bem na frente de Samuel, que agitava os braços freneticamente. Quando o legista saiu, estava quase rindo.

— Então nos encontramos de novo, Samuel? Você deve ser vidente. Quero ver as fotos que Marcel tirou. Alguém limpou o rosto do cara que morreu.

— Como você sabe que nós tiramos fotos?

— Fiquei sabendo que vocês registraram tudo, e o dono os expulsou.

Samuel ainda estava furioso por ter sido obrigado a se retirar da propriedade, mas começou a rir também.

— Então é por isso que você já sabia o que eu queria contar.

Aquilo fez Samuel parar de sentir que tinha perdido uma história que começava a considerar importante. A julgar pela forma como Conklin o tinha tratado e pela sua conduta, o repórter já havia concluído que ele escondia alguma coisa grave que poderia ser tema de uma reportagem. Samuel estava ciente de que tinha um certo poder como repórter e que gente como Conklin o temia.

— Nós tiramos mesmo algumas fotos do dono e de mais alguém em cima do corpo. Elas estarão no jornal de amanhã. Fora isso, não sei de nada. Vou ter que analisar as fotografias para ver se havia mais alguma coisa incomodando o FDP. — Samuel falava com uma voz muito alta, para chegar aos ouvidos de Conklin, que mais uma vez bateu o portão e voltou para o escritório.

— Certo, Samuel. Me mande as cópias das fotografias, por favor. Por que você não dá um pulo no meu escritório para conversarmos um pouco? Pode ser durante a necropsia, assim poderemos trocar umas ideias.

— Pode deixar, Barney. Ligo para você amanhã. Você sabe dos dois caras no hospital, não? Vou passar por lá hoje à tarde, para ver se consigo entrevistá-los. Mas vou precisar de uma força de Bernardi para entrar.

Dentro da empresa, o tenente interrogava o operador do guindaste. O homem contava que os dois trabalhadores que ele havia tirado do tanque estavam inconscientes, e que o diretor de operações também saíra desmaiado depois de ter descido atrás deles.

Em seguida, Bernardi e o operador do guindaste analisaram os cilindros de oxigênio jogados no chão e viram que estavam vencidos.

— Como podemos pegar os três cilindros de oxigênio que estão dentro do tanque? — perguntou Bernardi.

— Ou o senhor manda seus homens lá dentro, ou a gente vira o tanque e usa um gancho para tirar os cilindros.

— Acho que é o melhor jeito — concordou Bernardi. Ele se virou para seu perito criminal. — Mac, tire umas fotos do local e depois mande seus homens virarem o tanque. Vamos seguir o conselho desse homem e puxar os cilindros para fora do tanque.

Todos saíram do galpão e foram até o tanque.

— Você pode içar um dos meus homens no cesto? — pediu Bernardi ao operador do guindaste. — Vamos amarrar um cabo na abertura do tanque e usar o guindaste para virá-lo.

— Com certeza — respondeu o operador.

Um policial subiu no cesto com o cabo em mãos. Depois de içado para o topo do tanque, ele passou o cabo pela abertura e o amarrou com força.

Quando o tanque já estava virado, Mac usou um gancho para puxar as máscaras gosmentas e os cilindros do meio da substância tóxica. Uma análise rápida de cada etiqueta revelou que todos os cilindros estavam fora da validade.

— A coisa está feia — disse ele, colocando cada uma das máscaras em uma caixa separada.

Conklin saiu do escritório e pôs os óculos escuros.

— Meu carregamento de produtos químicos vai chegar em meia hora — afirmou ele, olhando nervoso para o relógio. — Preciso que meus homens estejam prontos para recebê-lo.

—– Acho que vamos terminar antes disso, mas, se não terminarmos, seu carregamento vai ter que esperar, Sr. Conklin. Falando nisso, quantos funcionários o senhor tem aqui?

Conklin voltou para o escritório sem responder e bateu a porta. Bernardi se virou para o homem que fora identificado como contador.

— Bom, acho que agora é com o senhor. Quantos funcionários?

— Temos quinze, mais o diretor de operações, eu e o chefe.

— São dezoito no total, e há apenas cinco máscaras. Correto?

— Isso não é da minha alçada. O senhor vai ter que perguntar para o Sr. Poliscarpio. Ele é o responsável.

— Ele não é um dos homens que foram levados para o hospital?

— Sim, senhor.

Quando estava prestes a ir embora, Bernardi chamou o sargento que ficara vigiando Conklin no escritório.

— Ele deu algum telefonema?

— Sim, senhor. Vários. Um deles durou mais de dez minutos.

— Certo, vamos ter que pegar o número com a companhia telefônica. — Bernardi abriu um sorriso irônico para o sargento.

— Não é um camarada muito agradável, é?

— Não, senhor — respondeu o sargento. — É meio nervosinho.

— Vamos ver se a gente consegue dar a ele um motivo para ser assim.

* * *

Samuel e os dois policiais que lhe foram designados pelo tenente Bernardi chegaram à unidade de tratamento respiratório do Hospital Geral de São Francisco pouco depois do meio-dia. Samuel disse à enfermeira da recepção que gostaria de visitar Robert Sanchez e Sambaguita Poliscarpio.

— O senhor é parente deles?

— Não, isso é um assunto de polícia.

— Muito bem — disse a enfermeira. — Preciso ver a sua autorização.

Samuel entregou sua carteira de jornalista, e os policiais mostraram seus distintivos. A enfermeira analisou as identificações por um momento antes de devolvê-las e diligentemente anotar os nomes no livro de visitas em sua mesa. Ela então se levantou e folheou os registros. Depois de um minuto, voltou para a mesa.

— Tenho o registro da chegada do Sr. Sanchez, mas não tenho nada do Sr. Poliscarpio.

— Você não está falando sério, eu vi a ambulância sair levando o Sr. Poliscarpio.

— Pode ser, mas ele não foi trazido para cá. — Ela levou Samuel até o livro de registros e lhe mostrou.

— Meu Deus — balbuciou ele, franzindo a testa. — Preciso usar seu telefone.

A enfermeira apontou para a mesa. Samuel discou o número de Bernardi. A secretária que atendeu disse que o tenente estava em horário de almoço.

— Aqui é Samuel Hamilton. Diga a ele que estou no Hospital Geral e que um dos trabalhadores feridos desapareceu.

Ele chamou a enfermeira e lhe entregou o fone.

— Você pode dar o número daqui para a secretária, para que o tenente retorne minha ligação?

Depois que a enfermeira desligou, Samuel lhe fez mais um pedido.

— Preciso descobrir qual é o nome do serviço de ambulâncias que trouxe o Sr. Sanchez para o hospital.

— Vá até a emergência. Eles poderão te dizer.

— E Sanchez? Ele está consciente?

— Ainda não. Está respirando com a ajuda de aparelhos. O médico disse que ninguém pode falar com ele até amanhã.

— Certo. Não deixe ninguém vê-lo até eu voltar com o tenente Bernardi. Vou deixar o policial Sullivan aqui para tomar conta de tudo. Entendido?

— Sim, senhor. Vou deixar instruções para o turno da noite.

Samuel pegou o elevador para o primeiro andar e foi até a emergência com o outro policial que Bernardi havia lhe designado. O setor recendia a vômito e estava lotado com a escória de São Francisco: os pobres e as pessoas sem plano de saúde, além daqueles que haviam sido recolhidos de becos e ruas sombrias. Havia muitas macas pelos corredores, e as enfermeiras e assistentes corriam de um paciente a outro, com frascos de soro e estetoscópios nas mãos, verificando quem ainda estava vivo e quem podia ser removido para outra ala, para abrir espaço para recém-chegados.

Samuel se aproximou da recepção e perguntou para a enfermeira encarregada — uma mulher grande e de seios fartos, cabelos oxigenados e óculos de armação grossa — se ela poderia ajudá-lo a localizar um paciente que havia chegado à emergência de ambulância, por volta do meio-dia.

— Qual é o nome do paciente e de onde ele veio? — perguntou a mulher, olhando por cima dos óculos e ignorando o telefone que tocava.

— Ele veio da Conklin Chemicals, perto da baía, em South of Market. Creio que seu nome era Sambaguita Poliscarpio. Algum sinal dele?

Ela olhou para o registro de entradas e balançou a cabeça.

— Não há nenhum registro de que seu Sr. Poliscarpio tenha dado entrada no Hospital Geral de São Francisco hoje.

— Nós sabemos disso, senhora. Pode nos dizer qual motorista de ambulância trouxe o Sr. Roberto Sanchez? Assim, poderemos perguntar a ele o que aconteceu com o outro paciente.

A enfermeira olhou para o registro de Sanchez.

— Sim, devo ter essa informação aqui.

— Qual motorista de ambulância o trouxe para cá?

Ela olhou mais uma vez.

— Na verdade, não diz nada aqui. Está em branco. Pergunte no setor operacional. Fica logo depois daquela porta. Fiz tudo o que podia para ajudá-lo. — Ela fechou o livro de registros e finalmente atendeu ao telefone.

O balcão do setor operacional ficava em uma saleta anexa à emergência. Quando Samuel e o policial entraram, um homem de uniforme branco puído, com cara de cansado, claramente perdia a batalha contra três telefones que também não paravam de tocar.

— Estamos tentando localizar um paciente que chegou de ambulância algumas horas atrás, mas que não foi registrado no hospital.

— Boa sorte, senhor. Recebemos umas vinte ambulâncias por hora. Mal tenho tempo de manter o registro. Eles botam a papelada naquela pilha. Se você conseguir encontrar a ficha da sua ambulância, vai descobrir o que quer. — Ele apontou para uma montanha de papéis presos por um único grampo.

Samuel vasculhou a pilha até encontrar a ficha de uma chamada na Conklin Chemicals pouco depois das onze horas da manhã.

— Está aqui, mas não diz o número da ambulância nem o nome do motorista. Há algum outro modo de obtermos essas informações?

— Vejamos — disse o atormentado atendente. — Você pode ficar aqui a tarde toda e perguntar aos motoristas que chegam se eles se lembram de terem trazido o paciente para cá ou pode pegar o prontuário do paciente, lá vai ter o nome. Se não conseguir nem assim, é porque você está com muito azar mesmo.

Samuel se voltou para o policial.

— Vamos voltar para a enfermaria e ver se conseguimos falar com a outra testemunha.

Eles perguntaram à enfermeira de cabelos oxigenados e óculos de armação grossa se podiam falar com Roberto Sanchez, mas ela informou que ele tinha sido transferido para a UTI e havia ordens médicas proibindo toda e qualquer visita.

— Onde fica a UTI? Ele corre risco de morrer?

— Se ele está na UTI, sempre existe a possibilidade de ele morrer. Suba dois andares e siga as setas. É fácil de achar. Mas é melhor conversar com o Dr. Malakoff. Ele é o responsável pelo paciente.

Samuel e o policial chegaram à UTI, onde encontraram Sullivan e uma enfermeira arrogante com um penteado elaborado.

— Somos do Departamento de Polícia e viemos conversar com Roberto Sanchez. O Dr. Malakoff está por aqui?

— Não, senhor — respondeu a enfermeira. — Ele passa para ver os pacientes de manhã cedo e só volta no dia seguinte.

Samuel tentou explicar que provavelmente estavam lidando com um caso de homicídio e que ele precisava falar com a testemunha para conseguir mais informações.

— Isso não é problema meu, senhor. Aliás, qual é o seu nome?

— Meu nome é Samuel Hamilton. Esse é o policial Martin. A missão dele é vigiar a testemunha para que ninguém, além da polícia ou de seus representantes, fale com ela. Preciso trazer o diretor da Divisão de Homicídios até aqui para deixar isso mais claro?

A enfermeira baixou um pouco o tom.

— Desculpe, Sr. Hamilton, mas, como o senhor pode ver, esse lugar é uma loucura. Vou ligar para o Dr. Malakoff, e o senhor poderá conversar com ele.

— Preciso ver o prontuário do paciente.

Ela foi até a mesa, mas não o encontrou.

— Vou ter que buscar o prontuário no quarto. Só um minutinho.

A enfermeira voltou com a ficha de Sanchez.

— Há alguma informação sobre quem o trouxe da indústria química?

— Infelizmente, a ficha não foi assinada.

— Pelo menos diz em qual ambulância ele veio?

— Nem isso, infelizmente. Por que o senhor não tenta com o atendente do setor operacional de novo? Talvez ele reconheça a letra.

— Posso pegar o prontuário emprestado uns minutinhos?

— Fique à vontade — disse a enfermeira.

Samuel desceu com o papel, mas o atendente não conseguiu identificar a caligrafia. Dez minutos depois, ele estava ao telefone com o Dr. Malakoff, que lhe disse que o paciente estava muito fraco para responder perguntas e que ele deveria discutir o assunto com o médico de plantão na manhã seguinte.

Samuel discou o número de Bernardi e, dessa vez, encontrou o detetive.

— É melhor enviar reforços para Sullivan e Martin. Pelo visto a testemunha não terá condições de falar com a gente nos próximos dias. Vai dar trabalho descobrir o que aconteceu com o tal Poliscarpio, mas acho que há um modo de saber qual motorista o trouxe para cá.

— Devo passar um rádio com a descrição de Poliscarpio para todas as viaturas? — perguntou Bernardi.

— Não seria má ideia. Por outro lado, ele provavelmente não está perambulando por aí. Tenho um pressentimento, volto a ligar para você mais tarde.

— Tudo bem. Passe o telefone para Sullivan, e, se por acaso eu esquecer, diga a eles que não podem ir embora antes de eu arranjar dois policiais para substituí-los.

Samuel chamou o policial.

— Bernardi quer falar com você. Ele disse que vocês não podem ir embora antes de alguém chegar para substituí-los.

Depois que Sullivan encerrou a conversa com Bernardi e desligou o telefone, Samuel disse:

— Preciso ir. Lembre-se: não deixe que ninguém visite Sanchez, a não ser com autorização de Bernardi. Vou ligar mais tarde, só para ver como as coisas estão. Aconteça o que acontecer, não deixe o tal Conklin entrar.

Depois de passar para o policial o nome completo e a descrição de Conklin, Samuel refletiu sobre a situação. Ele tinha sido deixado de fora do que considerava uma grande história porque o dono da empresa o havia reconhecido como um repórter hostil. E isso o incomodava. Ao mesmo tempo, ele sabia que tinha alguma coisa muito errada naquele caso. O comportamento de Conklin era indício suficiente de que ele deveria se dedicar com afinco àquela investigação.

* * *

Samuel e Marcel estavam no laboratório do jornal, vendo as fotos que o fotógrafo tinha tirado na Conklin Chemicals naquela manhã.

— Aqui está — disse Samuel, animado, dando um gole na xícara de café morno. — Essa é a ambulância que pegou os caras. E aqui está o número dela. Você pode ampliar a foto para confirmarmos o número e vermos a placa?

— Claro, mas vou precisar de mais ou menos meia hora.

— Tudo bem — disse Samuel, revirando as outras fotografias sobre a mesa. — Já que você vai fazer isso, também quero ampliar essas fotos de Conklin curvado sobre o corpo, limpando o rosto dele com esse pedaço de pano. Está vendo? Tem pelo menos três fotos. Quero usar uma delas na minha matéria para o jornal de amanhá.

— Qual você quer primeiro? Tudo é uma questão de prioridade.

— O mais importante agora é identificar a ambulância pelo número e pela placa. Ninguém tem essas fotos, então Conklin não faz ideia de que podemos rastrear a testemunha. Bernardi vai ficar muito feliz e, ao mesmo tempo, muito irritado com esse idiota adulterando provas e sumindo com testemunhas.

Samuel pegou o telefone e contou o que sabia a Bernardi.

— Bom trabalho. Consiga o número da ambulância e a placa, vou entrar em contato com o atendente do setor operacional do hospital e com o Departamento de Veículos Automotores em Sacramento agora mesmo. Nós dois vamos interrogar o motorista.

— Talvez isso não seja fácil. Eles têm umas vinte ambulâncias, vamos precisar vasculhar um pouco.

— Quando confirmarmos o número da ambulância, teremos como saber quem a estava dirigindo hoje de manhá. Podemos resolver isso logo. Me avise assim que conseguir o número.

*　*　*

Em menos de uma hora, Bernardi e Samuel estavam no estacionamento de ambulâncias do Hospital Geral de São Francisco, procurando o veículo marcado com o número 5 e com a placa E 723145 — dados que haviam aparecido na fotografia ampliada de Marcel. Quando encontraram a ambulância com essa placa, confirmaram que o número 5 estava pintado no teto e na porta de trás. Bernardi foi até o setor operacional, mostrou o distintivo para o atendente e passou a informação.

— Precisamos conversar com o motorista da ambulância número 5, que respondeu a uma chamada hoje de manhá na Conklin Chemicals, e queremos toda e qualquer documentação que você tenha a respeito.

O homem revirou os papéis que tinham sido tirados do grampo. Quando encontrou o que estava procurando, entregou uma folha a Bernardi.

— Como você não conseguiu achar isso hoje cedo? — perguntou Samuel.

— Você não tinha me falado que era a ambulância número 5.

— Onde podemos encontrar o motorista? — quis saber Bernardi.

O atendente olhou para o registro de funcionários.

— Ele foi para casa às três da tarde.

— Por favor, me dê o nome completo dele, endereço e um número de telefone — solicitou Bernardi.

O atendente revirou a gaveta e tirou uma pequena lista de telefones pessoais.

— Aqui está — disse, rabiscando as informações em um pedaço de papel. — É um dos mais confiáveis que temos. Seu nome é Milford Jackson, e ele mora em Fillmore. Querem que eu ligue e diga que vocês estão a caminho?

— É exatamente o que eu quero que você faça — respondeu Bernardi. — Diga que chegaremos em vinte minutos e que ele não deve sair de casa.

O atendente deu o telefonema e avisou ao detetive que Jackson estava aguardando.

Bernardi e Samuel logo chegaram a Fillmore e tocaram a campainha do Sr. Jackson. Ele atendeu imediatamente.

— Sou o tenente Bernardi. Este é o Sr. Hamilton. Nós precisamos conversar.

— Milford Jackson às suas ordens, tenente — apresentou-se o homem, um negro alto e magro, de cabelos curtos, maçãs do rosto acentuadas e nariz aquilino.

— Hoje cedo, o senhor levou duas pessoas feridas da Conklin Chemicals para o hospital — disse Bernardi. — Sabemos onde está o Sr. Sanchez, mas não conseguimos encontrar o outro homem que estava na ambulância. O que aconteceu com ele?

Jackson parecia assustado.

— Estou em apuros, tenente?

— Não, não. Estamos investigando o caso, só isso. A outra vítima desapareceu. Precisamos saber onde ela foi parar.

— Foi meio estranho — disse Jackson. Ele falava com um leve sotaque sulista. — Quando chegamos à emergência, dois funcionários de outra empresa que presta serviço de ambulâncias estavam esperando por nós. Eles me mostraram um documento e disseram que tinham sido chamados pela Conklin Chemicals para levar um dos feridos. Desculpe, não consigo lembrar o nome do sujeito.

— Sambaguita Poliscarpio?

Os olhos do motorista se arregalaram.

— Isso mesmo, o filipino. — O motorista parou e pensou por uns instantes. — Eles assinaram minha ficha. Bem aqui, estão vendo? — Apontou para o papel que Bernardi trazia em mãos. — Transferiram o cara para uma maca, colocaram ele na outra ambulância e foram embora.

— Qual era o nome da empresa para a qual eles trabalhavam? — quis saber Samuel.

— Bem, era uma ambulância de verdade, branca, mas não tinha nenhuma identificação — respondeu Jackson.

— O senhor reconheceu algum dos funcionários? — perguntou o jornalista.

Ele balançou a cabeça.

— Nunca tinha visto nenhum dos dois. É tudo o que eu sei.

Samuel percebeu que não conseguiriam tirar mais nada de Jackson, então cutucou Bernardi, indicando que era hora de irem embora.

Ao deixarem a casa do motorista, a cabeça de Samuel já trabalhava a todo vapor.

— Tem que haver um jeito de rastrear essa ambulância.

— Vou botar alguém nessa missão assim que chegar à delegacia — disse Bernardi. — Mas, meu Deus do céu, devem existir umas quinhentas empresas de ambulância na região da baía de São Francisco.

— E as ligações telefônicas de Conklin? Deve ter sido ele quem ligou para a empresa.

— Pois é, meu sargento disse que ele fez algumas ligações. Está na minha lista de tarefas para amanhã cedo.

— Certo. Estou indo para o Camelot. Você não quer tomar alguma coisa comigo?

— Hoje não. Muito trabalho a fazer. A gente conversa amanhã. Bom trabalho com o motorista da ambulância.

— Não diria que foi um bom trabalho. O desgraçado do Conklin está sempre um passo à nossa frente.

— Mas isso não vai durar muito. Ele vai fazer merda. Eles sempre fazem.

— Acho que ele já fez — disse Samuel. — Mas vamos ver até onde ele vai chegar antes de nós o pegarmos.

* * *

Samuel saiu da sede do jornal na Market Street, passou pela loja de departamentos Emporium e seguiu em direção à Powell, onde pegou o bonde para Hyde Street. Foi até Nob Hill e desceu em frente ao Camelot, seu bar favorito, com vista para o parque e para a baía de São Francisco. Tinha sido um longo dia, e ele estava cansado.

Sentada bem perto da porta, em uma grande mesa de carvalho redonda — Samuel sempre se referia a ela como Távola Redonda — estava Melba, a dona do bar, já na meia-idade, conhecida por seus cabelos tingidos de azul. Era muito comum encontrá-la tomando cerveja e fumando um Lucky Strike com Excalibur, seu vira-lata que não tinha rabo nem uma das orelhas, deitado aos seus pés. Esse dia não foi diferente.

Quando o cão notou a presença de Samuel, pulou animado, esperando o agrado que o repórter sempre lhe trazia. Melba puxou a coleira para contê-lo, mas ele pôs as patas em cima da mesa e ficou lambendo as mãos de Samuel até que o jornalista lhe desse o presentinho.

— Onde diabos você se meteu, Samuel? Não o vejo desde que você e minha filha começaram a dormir juntos.

Samuel ficou vermelho, mas não disse nada.

— Ah, entendi. Você é do tipo silencioso e durão, não é? Bom, não estou nem aí. Quero um neto. Então é melhor você começar a fazer umas horas extras.

— Por falar na sua filha, ela me disse que voltaria de Tahoe amanhã. Tem notícias dela?

— Você sabe mais do que eu. — Melba deu risada. — Tem certeza de que vai conseguir dar conta da moça? Parece cansado. O que aconteceu?

Samuel parecia mesmo cansado. Seu blazer cáqui estava amassado, a camisa para fora da calça.

— Hoje foi difícil — respondeu ele, e começou a contar como tinha sido seu dia.

— Chad Conklin, hein? — comentou Melba quando Samuel terminou de falar. — Esse rapaz se deu bem quando fisgou Grace Abernathy. O pai dela tem milhões.

— Sério? Você o conhece? Não acredito. Alguém já escreveu algum artigo sobre ele antes de eu entrar no jornal?

— Que nada. Mas é uma história famosa em São Francisco. Conklin é um caipira de Bakersfield. Sua família fugiu da seca no interior. Se ele não fosse uma estrela do futebol americano na universidade, jamais teria pegado aquela beldade. Mas ela também não é lá essas coisas. Seu pai é um novo-rico irlandês que ganhou rios de dinheiro com ferro-velho.

— Como você sabe todas essas coisas, Melba?

Ela deu uma risada e tomou um gole de cerveja.

— Porra, Samuel. Você acha que eu fico com a bunda aqui o dia inteiro sem fazer nada? Está muito enganado! — Ela se levantou e pôs as mãos na cintura. — Em primeiro lugar, eu leio as colunas de fofocas. Sei de onde vem cada idiota dessa cidade, inclusive você. Sei como chegaram aonde pensam que estão. Todos esses caras têm inimigos. Alguns deles se acotovelam por um espaço no balcão do meu bar. Quando alguém fala um nome, aguço os ouvidos. Depois faço umas perguntinhas. Então, o que você quer saber sobre esse cretino?

— Meu Deus, Melba. Alguém lá em cima ouviu minhas preces. Vou voltar amanhã com meu bloco de anotações. Por enquanto, só preciso de uma bebida.

2

Mais uma luta pelo poder em São Francisco ou algo ainda mais sinistro?

N<small>O DIA SEGUINTE</small>, <small>A</small> manchete do jornal matinal gritava:

Empresário milionário oculta provas
e esconde testemunha-chave

Quem assinava a reportagem era Samuel Hamilton, e o artigo acabava com Conklin. O repórter queria que o empresário soubesse que tinha um adversário à altura que não levaria desaforo para casa. A matéria incluía uma fotografia de Chad Conklin limpando o rosto do operário morto, Carlos Sanchez, e não deixava dúvidas de que o jornalista acreditava que ele estava por trás do desaparecimento de um dos funcionários feridos, Sambaguita Poliscarpio.

A resposta foi rápida e agressiva. A maior e mais importante firma de advocacia da cidade entregou uma carta nas mãos do editor do jornal, exigindo uma retratação e a demissão do repórter. A carta também ameaçava processar o jornal por difamação caso as exigências não fossem cumpridas imediatamente.

Convocado para uma reunião com o editor-chefe, Samuel entrou hesitante na sala revestida de painéis de madeira, sem saber o que esperar. O editor gordo e careca se levantou atrás da imensa mesa e brandiu a edição matinal no ar. Suava muito, embora o dia não estivesse quente.

— É melhor você saber todos os podres desse desgraçado, senão estamos fritos! — berrou. — Você está me entendendo?

Pego de surpresa, Samuel franziu as sobrancelhas.

— Do que o senhor está falando, chefe?

— Essa maldita carta foi entregue a mim pouco antes do meio-dia — gaguejou o editor, jogando a carta em Samuel.

O repórter juntou as folhas espalhadas pelo chão e se sentou para lê-las com mais cuidado. Enquanto lia, fazia caretas e sussurrava palavrões. Ao terminar, ergueu os olhos para o chefe, intrigado.

— A verdade não é uma boa defesa contra ações judiciais por difamação?

— É claro que sim, mas só depois de gastarmos milhares de dólares para garantirmos seu direito de publicar qualquer merda que quiser. Eles também exigem sua demissão. O que você tem a dizer?

— Penso a mesma coisa que pensava antes de escrever o artigo: que a verdade é uma defesa contra esse tipo de bobagem. E que o senhor não pode se deixar intimidar por esses cretinos.

— Falar é fácil, não é você que tem que pagar as contas — disse o homem gordo, usando o lenço para enxugar o suor do rosto.

— Repassei tudo isso com o senhor antes de publicarmos, e o senhor aprovou. — Samuel estava começando a ficar irritado. — O senhor viu as fotos e leu a matéria, não leu? O senhor acha que eu sou burro?

— Não sei, não sei. Só sei que o dono do jornal vai querer respostas. Você está preparado para dar respostas a ele?

— Claro que sim. O senhor não quer ouvi-las também?

— Poupe saliva. Não é a mim que você tem que convencer. O dono do jornal quer vê-lo amanhã de manhã. — O editor-chefe pôs o lenço, agora ensopado, sobre o mata-borrão em cima da mesa.

* * *

Samuel foi até a sala de Bernardi para ver as provas que a polícia havia coletado no local do acidente. Ele sabia que tinha se arriscado ao escrever no artigo que Conklin estava por trás do desaparecimento de uma testemunha importante, mas lá no fundo sentia que nenhuma outra pessoa poderia ter sido responsável pelo sumiço de Sambaguita Poliscarpio. Achava que tornar isso público fora a decisão certa. Mas queria saber o que o tenente e seus homens haviam descoberto desde o dia anterior.

Depois de constatar que não havia nada de novo, ele foi até o gabinete do médico-legista para seu encontro com Cara de Tartaruga.

— Oi, Barney — disse ele com uma expressão desanimada.

— Que diabos aconteceu com você? — perguntou o legista, sentado junto a um esqueleto humano de verdade que ficava pendurado bem próximo a um quadro-negro. Do outro lado do quadro ficava sua galeria de fotos de famosos.

— Conklin e seus advogados estão ameaçando me processar, só isso — disse o repórter, seu lábio inferior fazendo um beicinho.

Cara de Tartaruga deu uma risada.

— Você sabia que, nessa cidade, só se é considerado homem de verdade se já tiver sido processado pelo menos cinco vezes?

— Isso não me serve de consolo. Você é funcionário público. Eu trabalho para uma empresa privada, e Conklin também quer que eu seja demitido. — Samuel olhou para seus sapatos surrados e suspirou.

— Que se dane. Venha trabalhar para mim. Você é um ótimo investigador, e, pelo que ouvi falar, vai ganhar mais aqui.

Samuel deu risada. Barney sempre fazia com que ele se sentisse melhor — e tinha razão. Provavelmente ganharia mais como funcionário público do que como repórter, mas ele amava ser jornalista, então não iria mudar de profissão por vontade própria.

— Obrigado, Barney... Mas vamos ao que interessa. Você viu a foto no jornal. Tenho aquela e mais duas de Conklin limpando o rosto do cara morto.

— Muito bom. Bernardi também me contou que as máscaras de oxigênio estavam vazias. Tinham passado da data de validade havia muito tempo. Ou seja, poderíamos concluir que a morte foi causada por outra coisa que não um mero acidente.

— Quem tem o poder de concluir isso? — perguntou Samuel.

— Não é uma coisa simples. Tenho que abrir um inquérito, e tudo depende das provas que surgirem durante a audiência.

— E quem é o juiz nessa audiência?

A expressão facial de Cara de Tartaruga demonstrou que ele se ofendeu com a pergunta.

— Eu. — Ele cruzou os braços na altura do peito. — E você pode contar com uma coisa. Comigo é preto no branco. E tudo é baseado em provas.

— E se você concluir que a morte foi causada por outra coisa que não um mero acidente?

— Aí é com o procurador do distrito.

Samuel se sentiu um pouco melhor com a certeza de que Barney McLeod era um profissional sério, que não era suscetível a influências externas. Ele também sabia que o procurador entraria com um processo até contra a própria mãe se achasse que conseguiria vencer.

— Não deveria haver um órgão público que fiscalizasse periodicamente aquela indústria? — quis saber Samuel.

— Já pedi para uma pessoa dar uma olhada nisso. Até o fim da semana, teremos mais notícias sobre o assunto. Vai ser interessante saber por que eles tinham máscaras, mas nunca se preocuparam em verificar se elas estavam funcionando.

— Devia ser só de fachada. Sabe como é, só para mostrar que a empresa tinha as máscaras quando alguém fosse lá conferir. Assim eles podiam alegar que garantiam a segurança dos funcionários, mas, na verdade, era tudo uma farsa, um truque de relações públicas.

— Eles não seriam os primeiros a fazer isso, seriam? — indagou Cara de Tartaruga.

* * *

Samuel passou a noite acordado em seu pequeno apartamento nos arredores de Chinatown. Depois de um rápido cappuccino com croissant no Café Trieste, dirigiu-se à sala do dono do jornal na hora marcada, vestindo um blazer cáqui bem-passado e mocassins reluzentes. A secretária anunciou sua chegada. Depois de uns dez minutos, um homem alto e de cabelos grisalhos repartidos de lado abriu a enorme porta dupla de mogno. Ele apertou a mão de Samuel vigorosamente e o convidou para entrar em seu santuário.

— Sente-se, Sr. Hamilton. Parece que vamos ter problemas, não é mesmo? — Ele surpreendeu o repórter ao não perder tempo com conversa fiada.

— Não posso prever o futuro, senhor — respondeu Samuel. — Mas uma coisa posso dizer: creio que fizemos a coisa certa ao desmascarar aquele desgraçado. Ele é um cara muito arrogante, e o único jeito de lidar com gente assim é dobrar a aposta e botar as cartas na mesa.

Samuel não tinha planejado ser tão direto com o dono do jornal, mas era uma reação espontânea à franqueza do homem. Afinal, pensou ele, tinha a solução perfeita: mostrar ao mundo quem Conklin realmente era.

— Nós gostamos do senhor, Sr. Hamilton — disse o dono do jornal. — No curto período em que tem sido repórter desse jornal, o senhor tem trabalhado muito bem. Conseguiu boas fontes e deu ao público e a nós o que queremos: histórias emocionantes e interessantes. — Ele entrelaçou os dedos. — Mas também tenho minhas responsabilidades junto aos acionistas, e eles não gostam de receber cartas ameaçadoras dos homens poderosos da cidade, alegando que foram erroneamente acusados. Diante dessas circunstâncias, teremos que contratar uma equipe de advogados para defender o senhor e o jornal. Então serei obrigado a colocá-lo de licença, sem remuneração, infelizmente. Lamento muito.

Estarrecido, Samuel se levantou. Os dois se encararam em silêncio, e a tensão cresceu dentro da sala.

— Sério? — deixou escapar Samuel tão logo se refez do choque inicial. — O senhor deve estar brincando. Tenho provas contra esse cara. A ação judicial é uma farsa. Não vai dar em nada. Vai ser rejeitada no tribunal, se é que vai chegar até lá. — O repórter bateu o punho contra a mesa cara. — E a liberdade de imprensa? E o meu aluguel? — A segunda pergunta foi uma reflexão tardia, mas dava para ver que a reunião tinha chegado ao fim, e ele logo se viu na rua, sem salário.

* * *

Eram apenas nove da manhã — o Camelot ainda não estava aberto —, então Samuel parou na loja de bebidas da esquina. Comprou um maço de cigarros Philip Morris e abriu a embalagem de papel-alumínio. Como nos velhos tempos, bateu no maço até um cigarro sair, levou-o à boca, acendeu e tragou fundo. A primeira tragada o deixou tonto, e ele estendeu o braço para se apoiar no balcão. Samuel sabia que voltar a fumar era uma estupidez, mas não se importava. Estava sem emprego e deprimido.

Ele saiu para a Market Street, sentou-se no banco do ponto de ônibus e fumou o cigarro olhando para o relógio da estação da balsa. Quando os ponteiros marcaram dez horas, ele se levantou e subiu a rua até a Powell. Pensava em pular no próximo bonde, que em quinze minutos o deixaria em frente ao Camelot, mas lembrou-se de que o bar ainda estaria fechado. Era melhor passar o tempo caminhando. Então subiu a Powell rumo a Nob Hill.

Quase meia hora depois, Samuel estava em frente ao bar, suando e respirando com dificuldade por causa da longa caminhada rua acima. O lugar ainda não estava aberto, então ele atravessou a rua, sentou-se em um banco do parque com vista para a baía e fumou mais um cigarro. Quando ele chegou ao fim, Samuel jogou o maço no lixo. A última coisa de que precisava era voltar a fumar.

Quando o Camelot finalmente abriu, às onze horas, ele entrou e pediu um uísque duplo com gelo, o qual tomou em um gole. Cinco doses depois, cambaleou de volta ao parque para procurar o maço de cigarros que tinha jogado na lixeira, mas o pacote não estava mais lá. Então voltou para o Camelot, enfiou uma moeda na máquina e pegou mais um maço de Philip Morris. A essa altura, Melba apareceu, junto com Excalibur. O cachorro pulava de um lado para o outro, animado, mas Samuel o ignorou e continuou a fumar seu cigarro. Melba puxou a coleira para segurá-lo e analisou Samuel com atenção.

— É melhor você ir para casa dormir — disse ela. — Volte hoje à noite ou amanhã, aí a gente pode ter uma conversa de homem para homem.

Samuel cambaleou até a Távola Redonda e tentou dizer alguma coisa, mas não conseguiu juntar as palavras em uma frase que fizesse sentido. Esgueirou-se até uma cadeira, abaixou a cabeça e caiu no sono, roncando. Uma hora depois, acordou e olhou ao redor, desorientado. Quando viu Melba sentada do outro lado da mesa, tomando cerveja em silêncio, ele balançou a cabeça, levantou-se e saiu do bar, bêbado demais para se importar com o que os outros poderiam pensar. Foi cambaleando pela calçada até seu apartamento, deitou sobre a cama retrátil e voltou a dormir imediatamente.

Era meio-dia e meia do dia seguinte quando Samuel acordou novamente, agora com uma dor de cabeça terrível. Ele se sentou na beira da cama e acendeu um cigarro, em seguida se levantou e foi até a geladeira procurar uma garrafa de Hamm's. Depois de abri-la, bebeu a cerveja de uma só vez. Tirou a camiseta de baixo e a cueca, tomou um banho, mas nem se deu ao trabalho de fazer a barba. Vestiu-se de novo e subiu a rua até o balcão do bar, que tinha o formato de uma ferradura.

— Vou querer o de sempre.

— E o que seria o de sempre? — perguntou o barman, que era novo e não o conhecia.

— Uísque duplo com gelo, rapaz. E acostume-se com esse rosto, você vai me ver muito por aqui.

Estava na segunda dose quando Melba e Excalibur entraram no bar pela porta dos fundos. Ela estremeceu ao ver Samuel debruçado sobre o balcão, fumando um cigarro.

— Não sirva mais nada para ele! — berrou ela para o barman.

Samuel se virou, espantado.

— Qual é, Melba? Eu preciso de uma força. Acabei de ser demitido.

— Não me venha com essa, caubói. Você está com pena de si mesmo. Continue assim e vai direto para o inferno. — Ela pegou o repórter pelo braço e o levou até a Távola Redonda. — Sente-se aí e tome uma xícara de café. Aqui está o jornal desta manhã. Leia a primeira página e chore. — Melba pôs as mãos na cintura. — Mas tenho novidades, e acho que elas vão ajudar.

Samuel passou os olhos pela primeira página. Bem no meio dela havia uma retratação pelo artigo que ele tinha escrito dois dias antes.

— Desgraçados! Eles sabem que aquele filho da puta está mentindo! Como podem fazer uma coisa dessas? Tenho vergonha de ser repórter.

— Estão tentando livrar a própria cara. É por isso que eu quero que você conheça Jim Abernathy.

Samuel ergueu os olhos, chocado.

— Você quer dizer o sogro de Conklin?

— Ele mesmo. Conversei com ele depois que publicaram seu artigo, e ele disse que queria encontrá-lo. E fique sabendo que não é para defender Conklin. Então, termine seu café, vá para casa, tire uma soneca, faça a barba e volte às cinco da tarde. E traga um presentinho para o meu cachorro. Ele ficou magoado com você.

— Pode deixar — disse Samuel, levantando da cadeira, e cambaleou porta afora. Embora ainda não conseguisse manter o equilíbrio ao descer a rua, sentia seus passos se tornando mais estáveis.

Jim Abernathy

Quando Samuel voltou ao Camelot naquele dia, um homem bem-vestido já estava sentado à Távola Redonda com Melba. Ambos fumavam cigarros, e um deles devia ter acabado de contar uma piada, pois os dois rolavam de rir. O homem parecia ter uns 50 e poucos anos. Tinha cabelos grossos e grisalhos, nariz reto, olhos azuis penetrantes e o rosto enrugado de quem já havia se exposto muito ao sol.

Samuel parecia ter recuperado sua velha forma e agora tinha um brilho novo e determinado nos olhos. Depois de ter deixado o Camelot naquela manhã, fora curar a ressaca com um almoço em seu boteco favorito, o Chop Suey do Louie.

Ele também havia se lembrado das últimas palavras de Melba — dizendo que ele não deveria esquecer seu maior fã —, então tirou um petisco do bolso e o entregou ao sempre agradecido Excalibur, que o devorou de uma só vez.

— Samuel, venha conhecer Jim Abernathy — disse Melba. — Ele leu seus artigos e pediu para conhecê-lo pessoalmente.

Samuel apertou a mão mais áspera e calejada com que já havia se deparado. Em seguida, colocou o maço de Philip Morris vazio pela metade sobre a mesa e o empurrou para Melba.

— Uns cigarros para você.

— Eu não fumo esses palitinhos de câncer — retrucou Melba, puxando um maço de Lucky Strikes. — Pode dar para o barman. Acho que é da marca de que ele gosta.

— Vou ver isso quando for embora — disse Samuel, voltando sua atenção para Abernathy. — É um prazer conhecer o senhor. Só o conhecia pelo que Melba me contou. O senhor deve saber da minha situação, já que lê o jornal.

— Sim, meu rapaz — assentiu Abernathy com um nítido sotaque irlandês. Parecia simpático, mas reservado. — Quando li sua matéria, liguei para Melba, porque acho que posso ajudar com umas coisinhas.

— Sua filha não é casada com Chad Conklin?

— Isso mesmo, e o sujeito é um verdadeiro idiota — respondeu Abernathy com firmeza, embora Samuel detectasse uma discrição natural por trás das palavras.

— Vou ser honesto com o senhor. Sei que é um homem muito rico. A maioria das pessoas do seu tipo não chega aonde chegou bancando a boazinha, então o senhor obviamente quer que eu publique no jornal alguma coisa prejudicial ou vingativa contra Conklin. Tenho dois problemas com isso. Como o senhor viu no jornal de hoje, e como sem dúvida soube por Melba, eu não tenho mais um palanque onde expressar minhas ideias. — Samuel se levantou para enfatizar esse ponto, as mãos firmes contra o carvalho da Távola Redonda. — Segundo: não gosto muito de ser usado como instrumento de um acerto de contas.

— Meu jovem, não se preocupe com isso. Logo, logo você estará de volta à ativa. E tem razão. Tenho meus problemas com aquele interesseiro. Ele é um filho da puta mentiroso, e eu vou ser seu informante. Vou passar a você um monte de informações privilegiadas que vão ajudá-lo a desvendar as armações de Conklin. — Abernathy tirou um Philip Morris do maço que Samuel havia descartado e o acendeu.

— O que você está fazendo? — perguntou Melba, fingindo estar horrorizada.

— É tudo a mesma coisa — respondeu o irlandês. — Todos eles matam. — Abernathy deu uma longa tragada antes de continuar. — E, com a minha influência, que, posso dizer sem modéstia, é considerável nesta cidade, eu vou ajudá-lo a conseguir um emprego. Está interessado?

— Claro que estou interessado. Só quero saber o preço que vou ter que pagar.

— É de graça. Vou mostrar a verdade a você. Só terá que publicá-la.

— Parece um almoço grátis, e todos nós sabemos que não existe almoço grátis — disse Samuel.

— Tenho meus próprios motivos para passar informações a você. E a minha única condição é que você não vai poder dizer que soube de tudo por mim. Entendeu?

Samuel refletiu por alguns instantes. Logo percebeu que não tinha nenhum poder de barganha e, assim, também não tinha nada a perder.

— Certo. Como as coisas vão funcionar a partir de agora?

— Apareça no meu escritório amanhã, depois do expediente.

— Por que vocês não se encontram no meu escritório? — perguntou Melba. — Assim, ninguém vai ver os dois juntos.

— Boa ideia — disse Abernathy.

— Posso trazer o tenente Bernardi, detetive do Departamento de Homicídios da Polícia de São Francisco?

Abernathy sorriu, mas Samuel não entendeu o porquê.

— Você pode trazer quem quiser. Desde que tenha certeza de que ninguém vai falar nada sobre a sua fonte.

— Combinado — disse Samuel, apertando mais uma vez aquela mão áspera e calejada.

Chinatown tem suas
próprias desgraças

EɴQUANTO Samuel negociava com Jim Abernathy, uma jovem que o repórter havia apelidado de Dentuça deixou uma mensagem no Camelot, pedindo a ele que a procurasse na loja de ervas chinesas do Sr. Song. Seu tio, o Sr. Song (a quem Samuel secretamente se referia como Albino, por causa de sua pele de alabastro e do tom rosado em torno de seus olhos), queria consultá-lo sobre um assunto muito importante. Sempre que o Sr. Song o convocava, Samuel largava tudo o que estava fazendo e corria até o herborista em Chinatown.

O tilintar do sininho sobre a porta anunciou sua chegada à loja na Pacific Avenue. No recinto imerso na penumbra, Samuel viu as familiares guirlandas de ervas secas penduradas no teto e dúzias de vasos de barro que se empilhavam nas estantes que iam do chão ao teto, dispostas ao longo de duas paredes com seis metros de altura. Outras estantes na parede ao leste guardavam jarros ainda maiores. Cada um deles tinha uma tampa de ferro com dois cadeados, um que podia ser aberto pelo cliente, outro pelo Sr. Song. Samuel sabia que os clientes ricos do herborista — que não confiavam nos bancos tradicionais, mas também não queriam esconder as economias de uma vida inteira embaixo do colchão — guardavam dinheiro e outros objetos de grande valor nos jarros. Maços de ervas secas também pendiam do teto ali, emanando aromas pungentes e conflitantes.

Samuel voltou sua atenção para a parede atrás do balcão de laca preta revestido de painéis decorados com cenas chinesas tradicionais e viu ali centenas de caixinhas empilhadas até o teto. Cada uma tinha uma trava com um só cadeado, e todas eram numeradas com ideogramas chineses. Por causa de seus negócios anteriores com o Sr. Song, Samuel sabia que era ali que os clientes menos favorecidos guardavam suas economias. A escada utilizada para acessar os jarros das prateleiras mais altas estava encostada nessas caixas em um canto da sala.

O Sr. Song e sua sobrinha surgiram detrás de uma cortina de contas. Pássaros bordados decoravam a blusa de seda chinesa do Sr. Song. Ele não tinha mudado muito desde a última vez que Samuel o tinha visto e, como sempre, usava um chapeuzinho e óculos fundo de garrafa que deixavam seus olhos rosados maiores. Dentuça, cujo nome verdadeiro era Melody, cumprimentou Samuel. Embora tivesse crescido alguns centímetros desde a última vez, ainda vestia a mesma saia lápis xadrez com a bainha um pouco abaixo dos joelhos e uma blusa branca engomada, com o emblema de um templo budista sobre o bolso do lado esquerdo.

— Ainda estuda na Escola Batista Chinesa? — perguntou Samuel ao cumprimentá-la.

— Sim, falta mais um ano — respondeu Dentuça, sorrindo e mostrando os dentões protuberantes que lhe renderam o apelido. — Obrigada por vir, Sr. Hamilton. O Sr. Song está com um problema e gostaria de pedir sua ajuda. Ele gostaria de convidá-lo para tomar uma xícara de chá. O senhor está com tempo?

— É claro que sim. Diga ao Sr. Song que farei tudo o que estiver ao meu alcance para ajudá-lo.

Dentuça traduziu o que Samuel disse para o Sr. Song e, então, fez um gesto para que o jornalista os acompanhasse. Ele passou pela cortina de contas que levava aos fundos da loja e se viu na sala de estar em que o Sr. Song certa vez o havia hipnotizado para ajudá-lo a parar de fumar. Depois de se sentar, o chinês alisou o bigode e o cavanhaque grisalhos e fez uma pergunta para a sobrinha.

— O Sr. Song pergunta se o senhor continua sem fumar — traduziu ela.

— Diga a ele que, na maior parte do tempo, sim. Tive uma recaída há alguns dias, mas agora estou bem de novo.

— Ele diz que isso é bom, porque fumar não faz bem ao senhor. Ele também quer saber se Melba parou de fumar.

— Não, mas diga a ele que, se esse for o único fracasso em sua carreira de hipnose, ele está indo muito bem.

Quando Dentuça terminou de traduzir a frase, o Sr. Song abriu um leve sorriso.

— Sente-se, Sr. Hamilton — indicou ela. — Logo o chá será servido. Como o senhor gosta de tomá-lo?

— Com açúcar, por favor.

Dentuça fez um sinal, e uma senhora chinesa entrou por uma porta entreaberta nos fundos da sala, trazendo uma bandeja com a chaleira, três xícaras de porcelana e potinhos de leite e de açúcar. Ela depositou a bandeja sobre uma mesinha e serviu o chá para os três. Samuel acrescentou uma colher de açúcar em sua bebida e a mexeu devagar.

— O Sr. Song precisa de sua ajuda, Sr. Hamilton — disse Dentuça. — Cinco pessoas morreram em Chinatown em circunstâncias misteriosas na última semana. Nos atestados de óbito, o Departamento de Saúde declarou que elas morreram de causas naturais, porque todas tinham mais de 70 anos. Elas não foram levadas para nenhum hospital, e havia um médico chinês com elas no momento da morte, então não foram realizadas necropsias.

— Alguma delas foi cremada? — perguntou Samuel.

— Todas. Eram budistas.

— Assim fica mais difícil descobrir o que as matou.

— Todas as famílias entraram em contato com o Sr. Song porque acreditam que algo estranho aconteceu. Suspeitam de que as vítimas foram envenenadas.

— Será que as famílias nos autorizariam trazer o Departamento de Polícia aqui, para fazermos algumas buscas nas casas?

— O Sr. Song prometeu que iria ajudar. Se ele disser que será preciso chamar a polícia, as famílias vão cooperar. Como o senhor sabe, sem a orientação do Sr. Song, nada disso seria possível.

— Sim, eu entendo. Vocês estão preocupados com a possibilidade de mais gente morrer?

— Sim, o Sr. Song acha que um louco pode estar envenenando as pessoas.

— Se ocorrer mais alguma morte e vocês ficarem sabendo de imediato, será que ele poderia convencer os membros da família a não cremarem o corpo?

— Claro que sim.

— Vou ter que pedir a ajuda do tenente Bernardi nessa questão. O Sr. Song compreende, não? — Samuel olhou para Dentuça com um ar complacente, ciente de que estava pedindo muito, pois a comunidade de Chinatown tinha certa desconfiança com relação às autoridades locais. — Sem a polícia e alguns cuidados para preservar as evidências, não teremos as provas de que precisamos para pegar os criminosos.

Dentuça aquiesceu e mordeu o lábio inferior.

— Ele me pediu para chamá-lo porque sabe que o senhor tem o conhecimento e as relações necessárias para deter as mortes e pegar quem quer que seja o responsável.

— Vocês sabem que eu não tenho mais como tornar público tudo o que está acontecendo, porque perdi meu emprego.

— O Sr. Song sabe disso e diz que o senhor não deve se preocupar. Ele diz que essa situação não vai durar muito tempo. O senhor é esperto demais e um ótimo repórter. É por isso que ele quer que esteja ao nosso lado. — Ela sorriu, tentando não dar risada. — Ele também acha que o senhor está com mais tempo livre agora.

Orgulho e gratidão encheram o peito de Samuel.

— Obrigado por esse voto de confiança em mim.

Dentuça comunicou o agradecimento de Samuel ao Sr. Song. Ele abriu um leve sorriso.

— Posso ligar para Bernardi agora e marcar um encontro para discutirmos o problema?

— É melhor combinarmos com o tenente e o perito com poderes mágicos que o segue a toda parte de ir à casa de cada uma das vítimas, para que façam as perguntas e recolham as provas que considerarem importantes — sugeriu Dentuça.

— Você pensou em tudo isso sozinha?

— Pensei nisso porque leio suas reportagens policiais. E também porque assisto aos filmes do Charlie Chan.

Samuel deu uma bela risada.

— Você gosta dos filmes do Charlie Chan? Eu também adoro. Fico ansioso para vê-los quando passam tarde da noite. Parece que temos um herói em comum, além do Sr. Song.

— O Sr. Song gosta do juiz Dee.

— O magistrado sobre quem Robert Van Gulik escreveu?

— Ele mesmo.

— Você sabe, todas aquelas histórias foram escritas em inglês, embora o autor fosse holandês.

— Eu sei tudo sobre Robert Van Gulik e o juiz Dee — gabou-se ela. — E li todos os dezessete contos de mistério dele.

— Você é bem espertinha. Primeira da turma, aposto.

— Como o senhor sabe?

— Pouquíssimos adolescentes são tão bem-informados quanto você. E isso requer um bom cérebro. Vamos ver se conseguimos pôr em prática os princípios de Charlie Chan e do juiz Dee para pegarmos os criminosos.

Ao pensar no juiz e no detetive famosos, Samuel se perguntou se havia alguma possibilidade de que o Sr. Song e sua sobrinha encarnassem os personagens. Mas ele balançou a cabeça. *Caia na real*, disse para si mesmo.

* * *

No dia seguinte, Samuel, Bernardi e Philip Macintosh, o perito criminal do Departamento de Homicídios da Polícia de São Francisco, encontraram o Sr. Song e sua sobrinha na lojinha de Chinatown. De lá, seguiram para as casas das cinco famílias que inesperadamente haviam perdido um parente idoso na última semana. A missão deles era recolher provas e tentar determinar se havia uma causa comum por trás das mortes.

No meio da investigação, eles tiveram um golpe de sorte. Alguém contatou Bernardi para avisá-lo de que havia ocorrido mais uma morte suspeita e inesperada em Chinatown e lhe passou o endereço. Todo o grupo, com exceção do Sr. Song, que permaneceu com uma das famílias enlutadas, interrompeu o que estava fazendo e saiu às pressas.

O endereço era o de um prédio caindo aos pedaços ao lado do Bar Rickshaw. Bernardi foi abrindo caminho com seu Ford Victoria pela Washington Street e estacionou perto da estreita entrada do Ross Alley. O grupo caminhou alguns metros até o edifício onde o Sr. e a Sra. Chu Chang moravam com a família. Depois de subirem três lances de escada decrépitos, eles bateram à porta. A Sra. Chang, uma mulher pequena, vestida de preto, de cabelos negros como carvão e com apenas um dente na frente, abriu a porta e os cumprimentou, o rosto coberto de lágrimas. Era esmagador o aroma de tabaco mofado e óleo de cozinha rançoso que emanava do apartamento.

A Sra. Chang, com duas crianças grudadas às suas pernas, enxugava as lágrimas enquanto falava com Dentuça. Ela explicou que o Sr. Chang estava na rua, trabalhando em uma fábrica de biscoitos da sorte, mas voltaria para casa em breve.

— Ela diz que sua mãe, a Sra. Chow, morreu de repente, há uma hora — traduziu Dentuça. — Simplesmente parou de falar e caiu.

— A mulher tinha algum problema de saúde? — perguntou Bernardi.

Dentuça consultou a Sra. Chang.

— Ela diz que não, mas era uma mulher de 82 anos, então não estava na flor da idade.

— Podemos vê-la? — perguntou Bernardi.

Foi então que o Sr. Chang, que era apenas alguns centímetros mais alto do que a esposa, chegou. Seu macacão azul estava salpicado de massa seca. Ele abraçou a mulher e os filhos, que o seguiram até o quarto, onde a família se reuniu em volta do pálido cadáver da Sra. Chow.

Os visitantes aguardaram em silêncio na sala escura, mobiliada com um sofá gasto, duas poltronas, um enorme rádio Philco e um pequeno aparelho de televisão RCA com antenas enormes. Em um canto da sala ficava uma estátua de alabastro de Buda.

Depois de alguns minutos, a família saiu do quarto. A Sra. Chang fez um sinal para o marido, que abriu a cortina azul que dava acesso ao cômodo.

— Toda a família dorme no mesmo quarto? — perguntou Samuel.

— É claro que sim, estamos em Chinatown — disse Dentuça.

— Foi bom termos chegado aqui rápido — disse Samuel. — Ao que parece, eles são budistas.

— Sim, eles sabiam das instruções do Sr. Song, por isso nos avisaram — explicou Dentuça.

O corpo de uma mulher enrugada estava sobre a cama. Parecia ser muito idosa. O rosto, pálido, parecia contorcido, como se ela tivesse sentido dor ao morrer. Usava camisola e estava parcialmente coberta por um lençol. O Sr. Chang e as crianças permaneceram de pé, com a cara fechada, atrás dos policiais, olhando fixamente para o corpo.

— É melhor trazer o legista aqui depressa — sussurrou Bernardi para Mac. Depois perguntou para Dentuça se a família tinha telefone.

Ela traduziu a pergunta do detetive e então apontou para um aparelho sobre a mesa da cozinha. Mac discou e falou com alguém no escritório do médico-legista. Quando desligou, aproximou-se de Dentuça.

— Será que eles podem nos dizer qual foi a última coisa que ela comeu? Pergunte também se eles comeram o mesmo que ela.

Como o apartamento era muito pequeno, o pessoal da investigação tinha de coordenar seus movimentos com cuidado. Dentuça consultou a Sra. Chang, que a levou até a cozinha. A panela *wok* sobre o fogão de duas bocas ainda continha alguns legumes murchos. Depois de fotografar a cena, Mac recolheu a comida da panela em uma de suas sacolas de provas.

— O que são todas essas garrafas vazias na cozinha? — perguntou ele.

— Elas tinham água mineral — disse Dentuça.

— Toda a família bebeu a água dessas garrafas? — quis saber Mac.

— Não, só a avó — respondeu Dentuça. — Ela não gostava do sabor da água encanada, então eles permitiam que ela tivesse esse capricho. Coisa de gente idosa, sabe como é.

Mac vestiu luvas de borracha e colocou as garrafas na caixa de provas. Em seguida, abriu a pequena geladeira, onde encontrou uma grande variedade de legumes. Com a ajuda de Dentuça e da Sra. Chang, ele etiquetou cada um deles e os colocou em outra sacola de provas.

— Onde guardam o arroz? — quis saber ele.

Depois de perguntar para as crianças, Dentuça apontou para um armário próximo ao fogão. Mac o abriu e encontrou um saco de dois quilos.

— Que tipo de óleo eles usam para cozinhar? — perguntou.

Dentuça consultou a família mais uma vez e foi até o quarto. Alguns instantes depois, ela voltou com um galão de óleo pela metade.

— Eles têm que guardar no quarto, porque não há espaço na cozinha — explicou a garota.

— E comem algum tipo de carne? — perguntou Mac.

Dentuça transmitiu a pergunta.

— Só nos feriados chineses — respondeu ela. — As refeições do dia a dia são apenas arroz e legumes, com chá para a família e água mineral para a avó.

— Que tipo de chá?

— O chá fica bem acima do fogão. Eles fervem a água da torneira para fazê-lo.

Mac pegou a lata de chá.

— Desculpe, mas tenho que levar isso para o laboratório e fazer uns testes.

Quando Barney McLeod, o médico-legista, apareceu com dois homens e uma maca, Bernardi conduziu a família até a sala a fim de abrir espaço para a equipe que chegava.

— O que temos aqui? — perguntou Cara de Tartaruga.

— Uma senhora que morreu de repente — respondeu o tenente.

— E você acha que foi homicídio?

— Não foi isso o que eu disse. Estamos atendendo ao pedido de uma família que está preocupada, então temos que investigar. Só isso. Houve uma série de mortes estranhas aqui em Chinatown, e esta parece ser mais uma. Vamos precisar de uma necropsia.

— Posso providenciar isso para você. Mas, francamente, à primeira vista, parece que não temos muita coisa aqui. Quantos anos a mulher tinha? E o que vocês estão procurando?

— Tinha 82. Mas quero saber se há algum tipo de veneno no sangue dela.

— Certo, rapazes — disse Barney. — Vamos levar essa senhora.

Os homens trouxeram a maca, passando pela cortina que separava o pequeno quarto da sala, colocaram o corpo sobre ela e se prepararam para partir.

— Vocês estão numa vizinhança bem chique. O Bar Rickshaw e a barbearia do Sammy ficam logo ali no beco. São lugares frequentados por ricos e famosos.

— Não é bem o caso desse apartamento — comentou Samuel. — Aqui só vivem os mansos. Aqueles que herdarão a terra.

Cara de Tartaruga deu risada.

— Sim, é por isso que eu gosto desse país. Os ricos e os pobres se acotovelam e labutam juntos, lado a lado.

— Parece que esse pessoal aqui está ficando para trás — disse Samuel.

— Mais uma razão para tentarmos ajudá-los — completou Dentuça.

Lutando para fazer o sistema funcionar

O MÉDICO-LEGISTA CONCLUIU QUE A morte de Carlos Sanchez foi um homicídio, então Samuel passou um bom tempo com Bernardi e com o procurador do distrito revendo as provas que a equipe de Bernardi havia coletado na Conklin Chemicals. O procurador apresentou uma acusação formal de homicídio culposo contra o dono da empresa, e agora o caso seguiria para uma audiência preliminar com o juiz da Corte Municipal. Se a posição do procurador prevalecesse, o réu seria levado à Suprema Corte e julgado por homicídio.

Nem a procuradoria nem a polícia conseguiram encontrar pistas sobre o paradeiro de Sambaguita Poliscarpio, a testemunha desaparecida, embora estivessem atrás do homem desde que ele havia desaparecido na misteriosa ambulância no Hospital Geral de São Francisco. Não poderiam adiar a audiência por causa disso, pois todo e qualquer acusado de um crime tem o direito de ser julgado dentro de um período de tempo específico. Os advogados de Conklin não iriam renunciar a esse direito, mesmo que isso fosse uma prática comum da defesa.

Os registros das ligações de Conklin cedidos pela companhia telefônica mostraram que o telefonema mais longo que ele tinha feito no dia da morte de Carlos Sanchez foi para um investigador particular chamado Richard Speckenworth, em Green Bay, Wisconsin. As informações sobre o investigador, no entanto, não podiam ser acessadas, por causa de sua profissão e por ele estar fora da jurisdição das autoridades locais. O Sr. Speckenworth encontrava-se agora em São Francisco, trabalhando com os advogados de Conklin, e isso significava que as regras de sigilo entre advogado e cliente o protegiam de ser interrogado pela polícia ou pelo promotor.

* * *

Finalmente chegou o dia da audiência de Conklin. O caso foi atribuído ao juiz Hiram Peterson. Era um jurista em ascensão, indicado para a Corte Municipal em 1959 pelo ex-governador republicano Goodie Knight. Recentemente, tinha sido indicado para a Suprema Corte pelo sucessor de Knight, o democrata Edmund J. Brown. Ou seja, aquele era seu último caso ali. Mais do que garantir seu futuro na carreira, ele também havia construído uma reputação de ferrenho defensor da lei junto a ambos os partidos políticos.

— O que sabemos sobre esse cara? — perguntou Bernardi a Samuel.

— Ele se formou com honras na faculdade de direito de Harvard e depois trabalhou na Procuradoria-Geral dos Estados Unidos em São Francisco por alguns anos junto com o procurador-assistente e meu colega de faculdade Charles Perkins.

— Mas que merda. Tudo farinha do mesmo saco? — Bernardi deu risada, sarcástico.

— Perkins dizia que ele era esperto e bom de papo. Também falou que seu objetivo não é subir na carreira jurídica, é político. Ele concluiu que a magistratura era o caminho mais rápido para chegar aonde queria, o governo do estado ou um assento no Senado. Só conseguiu ser promovido tão rápido porque se engraçou com pessoas poderosas que ele achou que poderiam ajudá-lo.

— O procurador disse que ele é durão — adicionou Bernardi. — Que é por isso que quis pegar este caso. Eu, pessoalmente, tenho minhas dúvidas.

— Pois é. Ele parece meio puxa-saco.

— É o que vamos ver. Pedi para o procurador sondá-lo, mas ele disse que não era uma boa estratégia.

De toga preta, o juiz entrou no tribunal pela porta nos fundos da sala e subiu os poucos degraus até sua cadeira. O homem era a imagem perfeita de um juiz, com a mandíbula marcada e cabelos grisalhos. Quando se sentou, fez um sinal para o meirinho, que anunciou o caso.

— O povo do estado da Califórnia contra Chad Conklin.

O jovem representante da procuradoria municipal se levantou, disse seu nome e declarou que a acusação estava pronta. Ao seu lado, o advogado bem-vestido falou em seguida:

— James Morrison, da firma Pillsbury, Madison e Sutro, pronto para a defesa de Chad Conklin.

— Meritíssimo, gostaríamos de solicitar o adiamento da audiência, pois há uma testemunha desaparecida — disse o representante da procuradoria.

— Nós nos opomos a qualquer adiamento — objetou o advogado de defesa. — O réu não renuncia à prerrogativa do tempo.

— De acordo?

Ambos advogados responderam que sim.

— Moção negada. A acusação tem uma estimativa de tempo?

— A acusação estima dois dias.

— Nós estimamos dez minutos — afirmou a defesa.

O procurador-assistente deu de ombros, nada surpreso. Já tinha ouvido aquela resposta muitas vezes.

— Muito bem, chamem a primeira testemunha.

— Antes de começarmos, meritíssimo, solicitamos que todas as testemunhas em potencial saiam da sala de audiência — disse o advogado de defesa.

— Alguma objeção? — perguntou o juiz.

— Não, meritíssimo — respondeu a acusação.

— Muito bem, essa decisão cabe ao tribunal. Todas as testemunhas em potencial devem sair da sala até que chegue a hora de seus testemunhos.

O representante da procuradoria convocou Roberto Sanchez, primo do trabalhador morto. Depois de ver a morte de perto, Sanchez agora estava sete quilos mais magro, falava com uma voz rouca e respirava com dificuldades, o que conferia a ele o aspecto de um pássaro mirrado.

O procurador-assistente pediu que Sanchez relatasse, em detalhes, como ele e seu primo entraram no tanque e o que aconteceu depois. O representante também pediu que ele descrevesse o equipamento que haviam recebido. O depoimento de Sanchez foi interrompido várias vezes por sua dificuldade de respirar e, em determinado momento, ele irrompeu em lágrimas ao falar sobre o sofrimento do primo falecido.

Respeitosamente, todos no tribunal esperaram Sanchez se recompor.

— O senhor havia usado máscaras de oxigênio na Conklin Chemicals antes da data do acidente?

— Não, senhor.

— Já tinha visto uma máscara antes dessa data?

— Sim, senhor.

— Quando?

— Uma vez, o Departamento de Saúde foi inspecionar a fábrica, por questão de segurança — contou Sanchez, suas palavras demorando-se em meio aos chiados e à tosse. — Os chefes sabiam da visita, então o contador nos deu máscaras e disse que, se alguém perguntasse, era para dizermos que as usávamos o tempo todo.

— E isso era verdade?

— Não, senhor. Quando o homem do Departamento de Saúde foi embora, o contador pegou as máscaras de volta. Nunca mais as vi, até o dia do acidente.

O representante da procuradoria então pediu para Sanchez descrever os últimos minutos de vida de seu primo dentro do tanque, e também para contar o que se lembrava de seu próprio resgate.

O advogado de defesa fez apenas uma pergunta em seu interrogatório.

— O senhor acha que o Sr. Conklin teve a intenção de causar algum mal ao senhor ou ao seu primo?

O representante da procuradoria deu um pulo na cadeira.

— Protesto! É irrelevante o que ele pensa sobre as intenções do Sr. Conklin.

— Protesto negado, a testemunha pode responder.

— Não, senhor. Ele era um bom chefe. Pagava bem.

Bernardi era a próxima testemunha e prestou seu depoimento na parte da tarde. Explicou ao juiz como tinha examinado todas as máscaras de oxigênio que os trabalhadores haviam utilizado, além das que ficaram no depósito. Contou que todas estavam fora do prazo de validade, acrescentando que não era seguro para ninguém usá-las em um recinto fechado, sem ventilação apropriada. Bernardi declarou que simplesmente não havia nenhuma garantia de que as máscaras pudessem fornecer oxigênio aos trabalhadores, quando necessário.

Ele então afirmou que havia tentado encontrar a testemunha desaparecida e relatou de que forma descobrira seu sumiço.

O advogado de defesa assumiu a palavra.

— Tenente Bernardi, o senhor e/ou o Departamento de Homicídios da Polícia de São Francisco estão perseguindo o Sr. Conklin?

— Não, senhor.

— O senhor está alegando que o Sr. Conklin é responsável pelo desaparecimento da testemunha, o Sr. Poliscarpio?

— É meio suspeito, não acha?

— Peço que seja removido dos autos! — disse o advogado de defesa, quase gritando. — A testemunha está fazendo especulações e insinuações.

— Aceito — disse o juiz, batendo o martelo. — Atenha-se aos fatos, tenente Bernardi.

— Sem mais perguntas — disse o advogado de defesa.

Philip Macintosh, perito criminal de Bernardi, era o próximo, e usou seu depoimento para esclarecer que nenhuma das cinco máscaras tinha oxigênio quando foram testadas.

Quando o advogado de defesa assumiu a palavra, tentou, por sua vez, argumentar que os testes de Macintosh haviam sido realizados muito tempo depois do acidente.

— Não, senhor — contrapôs Macintosh. — Testamos as máscaras logo depois do ocorrido. A ambulância que levou os trabalhadores ao hospital tinha acabado de sair, e o médico-legista estava no local, removendo o corpo do falecido.

O representante da procuradoria então convocou Marcel Fabreceaux, o fotógrafo de Samuel. Ele o fez identificar as fotografias que havia tirado de Conklin limpando o rosto do cadáver com um pano.

O advogado de defesa começou sua linha de argumentação.

— O senhor tinha conhecimento de que o homem estava morto no instante em que tirou a fotografia?

— Não, senhor, eu apenas tirei a foto.

— E em nenhum momento chegou próximo o bastante para de fato ver o homem, chegou?

— O que o senhor vê na foto é o mais próximo que cheguei.

O representante da procuradoria recomeçou o interrogatório.

— Na hora em que o senhor tirou essa fotografia, os outros dois feridos já haviam sido levados pela ambulância?

— Sim, senhor.

Na manhã seguinte, o representante da procuradoria convocou Milford Jackson, o motorista da ambulância. Ele confirmou que havia levado os trabalhadores feridos, Roberto Sanchez e Sambaguita Poliscarpio, para o Hospital Geral de São Francisco.

— Havia outra vítima no local?

— Sim, senhor. O homem também seria levado para o hospital, mas já tinha morrido.

— Protesto! — gritou o advogado de defesa. — Sem fundamentação. Não há provas de que esse homem seja médico nem de que saiba confirmar um óbito.

— Estabeleça a fundamentação — pediu o juiz.

— Muito bem, meritíssimo — disse o representante da procuradoria. — Há quanto tempo o senhor é motorista de ambulância, Sr. Jackson?

— Doze anos.

— O senhor já viu pessoas mortas durante esse período?

— Sim, senhor.

— Como o senhor sabia que elas estavam mortas?

— Um monte de razões diferentes. Às vezes, elas tinham um buracão na cabeça ou no peito, mas, na maioria dos casos em que não havia nenhum trauma, elas não estavam respirando, sem pulso e com os olhos arregalados.

— Com o passar dos anos, com quantas pessoas mortas o senhor se deparou em seu trabalho?

— Eu diria que umas cem.

— Alguma vez se enganou quanto ao fato de a pessoa estar mesmo morta?

— Não, senhor.

— Explique ao tribunal em que condições o senhor encontrou o Sr. Carlos Sanchez.

— Ele estava deitado no chão, de barriga para cima. Estava molhado, acho que foi lavado com uma mangueira, mas ainda tinha uma substância marrom em cima dele, até no rosto. Não tinha pulsação. Não respirava, e os olhos estavam arregalados.

— O senhor conversou com alguém nesse momento?

— Sim, senhor.

— Com quem?

— Com aquele homem ali — disse ele, apontando para Conklin.

— O que o senhor disse a ele?

— Que o homem estava morto e que eu ia passar um rádio para chamar o médico-legista.

— E ele disse alguma coisa para o senhor?

— Ele me olhou com raiva e se virou para o homem deitado no chão.

— Protesto! — gritou o advogado de defesa. — Peço que seja removido dos autos. O que é olhar com raiva? Isso é especulação.

— Recusado.

— O senhor passou um rádio para alguém chamar o médico-legista?

— Sim, senhor. Chamei a central.

— Quando o senhor chegou ao hospital com os trabalhadores feridos, o que aconteceu com o Sr. Poliscarpio?

— O senhor quer dizer o filipino?

— É assim que o senhor o descreveria?

— Sim, senhor.

— Bem, o que aconteceu com ele?

— Tinha uma ambulância branca esperando, e o filipino foi embora nela.

— O senhor sabe para onde o levaram?

— Não, senhor. Eles não disseram nada, a não ser que tinham ordens para levar o paciente. O sujeito assinou meu formulário, e, depois, ele e o ajudante o colocaram dentro da ambulância e foram embora.

— O senhor pode descrevê-los?

— Dois caras brancos. Um pouco mais altos que eu, mais fortes.

— Já os tinha visto antes?

— Não, senhor.

— Voltou a vê-los?

— Não, senhor.

— Obrigado, Sr. Jackson.

O advogado de defesa se levantou e foi caminhando a passos lentos até a testemunha. Parou bem diante do Sr. Jackson, o rosto tão próximo que o motorista podia sentir sua respiração.

— O senhor não é médico, é, Sr. Jackson? — perguntou ele com um tom de voz baixo, calculado.

— Não, senhor.

— E o senhor também não é paramédico, é? — Sua voz era praticamente um sussurro.

— Não, senhor.

O advogado de defesa ergueu a voz.

— Quando os dois homens brancos da ambulância branca levaram o filipino embora, eles não disseram que estavam obedecendo a ordens do Sr. Conklin, disseram?

— Não, senhor.

— Na verdade, não disseram quem os havia contratado.

— Eles disseram que a Conklin Chemicals tinha contratado o serviço.

— Sem mais. Que se remova dos autos a declaração da testemunha sobre o Sr. Sanchez e sobre a Conklin Chemicals ter contratado o serviço. Sem fundamento.

— Recusado. Chame sua próxima testemunha.

— Intimamos o Sr. James Hooker a comparecer hoje à tarde — disse o representante da procuradoria. — Podemos fazer o recesso do meio-dia?

— Muito bem. Audiência suspensa até as duas da tarde.

* * *

— Qual é o seu trabalho, Sr. Hooker?

— Sou contador da Conklin Chemicals.

— O senhor ainda trabalha na empresa?

— Sim, senhor.

— O senhor conhece o paradeiro do Sr. Sambaguita Poliscarpio?

— Não, senhor.

— Desde o dia do acidente, o senhor fez algum pagamento referente a seu tratamento?

— Não, senhor.

— Ele ainda é funcionário da Conklin Chemicals?

— Sim, senhor.

— O senhor está pagando seu salário?

— Não posso pagá-lo se não sei onde ele está.

— Deixe-me mostrar ao senhor essa fotografia. Está identificada como "Anexo da acusação nº 25". Esse homem ajoelhado junto ao Sr. Sanchez é o senhor?

— Sim, senhor.

— Isso na sua mão é um pano?

— Sim, senhor.

— O senhor está limpando a substância tóxica do rosto do Sr. Sanchez com esse pano?

— Não, senhor. Eu estava cuidando dele, tentando reanimá--lo, e sujei minhas mãos.

— O Sr. Sanchez não estava morto quando o senhor se ajoelhou sobre ele?

— Ninguém me falou que ele estava morto. Eu estava tentando ajudar o Sr. Conklin a reanimá-lo.

— Como o Sr. Conklin estava tentando reanimá-lo?

— Ele estava limpando a substância tóxica para fazer a respiração boca a boca.

— Era isso o que ele estava fazendo nessa fotografia, "Anexo da acusação nº 26"?

— Sim, senhor. Pelo que lembro, sim.

— Essa foto mostra o Sr. Conklin limpando a substância tóxica do rosto do homem. Correto?

— Não tenho certeza do que ele estava fazendo no momento da foto. Isso aconteceu há muito tempo.

— Depois que essa foto foi tirada, o senhor viu o Sr. Conklin tentar reanimar o Sr. Sanchez?

— Desculpe. Eu não lembro. Isso aconteceu há muito tempo.

— O Sr. Roberto Sanchez ainda é funcionário da Conklin Chemicals?

— Sim, senhor. Mas, nesse momento, ele está de licença. Deve voltar ao trabalho na semana que vem.

— Quem está pagando a licença dele?

— Nossa seguradora contra acidentes de trabalho.

— Que seria?

— A Companhia São Paulo de Seguro de Trabalhadores.

— Depois do acidente, o senhor chamou uma empresa que presta serviços de ambulância e pediu que eles buscassem o Sr. Sambaguita Poliscarpio no Hospital Geral de São Francisco?

— Não, senhor.

— O senhor ouviu alguém na Conklin Chemicals chamar uma ambulância e fazer esse pedido no dia do acidente?

— Não, senhor.

— Obrigado. Isso é tudo.

— Tenho mais algumas perguntas — disse o advogado de defesa. — O senhor não esteve com o Sr. Conklin durante cada segundo desse dia, esteve?

— Não, senhor. A empresa estava uma loucura.

— Quando o Sr. Conklin estava ao telefone, o senhor ouviu alguma coisa da conversa?

— Se ele usou o telefone, não fiquei sabendo.

— Por enquanto, isso é tudo.

— Chame sua próxima testemunha — ordenou o juiz, soltando a caneta e se servindo da água que estava em uma jarra sobre o estrado.

— Convocamos Samuel Hamilton.

Samuel tomou o assento das testemunhas e fez o juramento. Vestia o blazer cáqui de sempre, agora impecavelmente passado.

Estava com uma camisa xadrez limpa e bem-alinhada e mocassins engraxados. Sentia-se furioso por ter sido deixado de fora do tribunal durante todo aquele tempo. Queria saber o que tinha acontecido ali dentro.

— O senhor foi até a Conklin Chemicals para cobrir o acidente?

— Sim, senhor.

— E o senhor estava presente quando essas fotografias foram tiradas, os anexos 25 e 26?

— Sim, senhor. Eu pedi ao Sr. Fabreceaux, meu fotógrafo, que as tirasse.

— Por que o senhor queria que essas fotografias fossem tiradas?

— Porque o motorista da ambulância, o Sr. Jackson, disse ao Sr. Conklin e ao seu contador que o Sr. Sanchez estava morto, mas eles continuaram limpando o rosto dele com panos. Achei que isso era meio estranho, então quis registrar o fato.

— E o senhor não tinha dúvidas de que o Sr. Sanchez estava morto?

— Não tinha a menor dúvida. Ouvi o motorista da ambulância dizer que ele estava morto e que iria passar um rádio para que chamassem o médico-legista.

— O Sr. Conklin e o Sr. Hooker também estavam presentes?

— Sim, senhor. Eles estavam bem próximos de onde eu estava.

— O senhor fez algum comentário sobre isso com o Sr. Conklin?

— Eu ia fazer, mas ele me expulsou de sua propriedade, junto com meu fotógrafo.

— O senhor já havia encerrado seu trabalho quando ele o expulsou?

— Protesto, o local é propriedade privada do Sr. Conklin! — exclamou o advogado de defesa.

— Aceito — disse o juiz.

— Meritíssimo, nós gostaríamos de seguir nessa linha de argumentação. Ela levará às intenções do Sr. Conklin na tentativa de ocultar provas.

— Já decidi sobre isso, senhor advogado. Vamos em frente.

— Muito bem, sem mais perguntas para a testemunha.

O advogado de defesa se levantou e passou um minuto olhando firme para Samuel antes de começar a falar.

— O senhor foi demitido por contar mentiras sobre o Sr. Conklin no jornal, não foi?

— Protesto, isso é questionável — disse o representante da procuradoria.

— Recusado.

— O Sr. Conklin terá de provar isso — desafiou Samuel. — Não contei mentiras sobre ninguém.

— Mas o senhor está desempregado desde o acidente. Não é verdade?

— Sim, é verdade.

— E o senhor foi demitido logo depois de escrever uma matéria sobre o Sr. Conklin e o acidente, não é verdade?

— Estou de licença não remunerada, isso é verdade, mas não porque contei uma mentira. Foi porque meu chefe recebeu uma carta da sua firma ameaçando processar o jornal onde eu trabalhava, a menos que eu fosse demitido. Há uma grande diferença entre o que aconteceu e o que o senhor está tentando insinuar.

— Entendo. O senhor gostaria de explicar ao juiz?

— Protesto! Isso é questionável.

— Retiro a pergunta. Terminei com a testemunha.

Samuel se sentou com o restante dos espectadores. Como já tinha dado seu depoimento, agora podia continuar dentro da sala.

— A acusação encerrou seus trabalhos — disse o representante da procuradoria.

— A defesa também encerrou seus trabalhos — disse o advogado de Conklin. — E solicitamos que as acusações sejam retiradas. A acusação não estabeleceu uma causa provável.

— Já chegaremos a esse ponto — disse o juiz. — A acusação tem algo a declarar?

— Sim, meritíssimo. Estabelecemos muito bem uma causa provável. O Sr. Conklin exibiu as máscaras quando o Departamento de Saúde fez a inspeção. Ou ele sabia que elas eram inúteis, ou não se preocupou com a segurança de seus trabalhadores a ponto de verificar se ainda estavam funcionando. Colocá-los em perigo dentro de um tanque fechado, sem ter verificado o funcionamento das máscaras, é motivo suficiente para que ele seja julgado. Só isso basta. Nessa etapa do processo, não precisamos demonstrar nada além de um motivo razoável.

— Advogado de defesa?

— Não há causa provável. Tudo o que temos aqui é um acidente. Não é o bastante para sustentar e muito menos continuar com essa farsa.

— Isso é tudo, cavalheiros?

Os advogados fizeram que sim.

— Muito bem. O réu está liberado. O tribunal entende que não há causa provável e que não há nada que indique que um crime tenha sido cometido.

Conklin saiu andando com um ar arrogante e pôs seus óculos escuros. Passou pelos repórteres que se amontoavam do lado de fora da sala sem fazer qualquer comentário. Seu advogado o seguia alguns passos atrás, carregando duas maletas.

— Você esperava esse resultado? — perguntou Samuel ao procurador-assistente.

— Fiquei de queixo caído. Nos dois anos em que trabalho com o procurador, nenhum réu foi liberado em uma audiência preliminar sem ser acusado de alguma coisa.

— Então acabou? — perguntou Samuel. — Ele vai se safar dessa?

— A primeira coisa que temos de fazer é encontrar a testemunha. Se o Sr. Poliscarpio falar e confirmar que Conklin o sequestrou, tenho certeza de que o procurador vai mandar o caso para o Grande Júri e pedir uma acusação formal.

— Achei que uma pessoa não pudesse ser julgada duas vezes pelo mesmo crime — comentou Samuel.

— Isso não se aplicaria neste caso. É complicado, mas eu explicarei a você numa outra hora. — Ele parecia cansado e deprimido.

Samuel correu para o escritório de Bernardi para lhe contar o resultado. O tenente fechou a cara.

— Estou surpreso. Vamos ter que pensar em um modo de encontrar a testemunha, se é que o homem ainda está vivo.

— Você acha que Conklin mandou dar um jeito nele? — perguntou Samuel.

— Pelo que vi até agora, não duvido nada.

— Eu comentei com você que Jim Abernathy prometeu me ajudar? Acho que é hora de aceitar a oferta. Deve haver algum sinal de Poliscarpio em algum lugar, e o procurador-assistente disse que, se descobrirmos seu paradeiro e ele cooperar, o procurador pode levar o caso para o Grande Júri, e não precisaremos de uma audiência preliminar. Mas o que você acha do juiz?

— Não estou preocupado com ele. O procurador queria se dar bem e se precipitou. Eu disse que nós precisávamos da testemunha, mas ele não quis esperar. Então isso é culpa dele.

— Conklin não abriria mão do prazo — disse Samuel. — O procurador não tinha escolha, precisava da audiência preliminar. E tudo isso só me prejudicou ainda mais. Agora, parece que o jornal tinha razão em me demitir. Dá até para ver o ego de Conklin se inflando; o sujeito se acha muito poderoso. Vou dizer uma coisa a você, Bruno: ele é um filho da puta mentiroso, e eu vou provar isso.

— Eu concordo e vou ajudar — disse Bernardi.

O verdadeiro custo da água

Barney McLeod revirou os papéis sobre a mesa até encontrar o relatório que estava procurando.

— Foi mesmo veneno — disse ele a Samuel e Bernardi, que estavam sentados do outro lado da mesa. — Naquela garrafa havia arsênico suficiente para matar um cavalo.

— O Sr. Song tinha razão — falou Samuel. E, depois, para Bernardi: — O que vamos fazer agora?

— A primeira coisa é pedir ao procurador que proíba a produção e force a empresa a recolher todas as unidades disponíveis. Também precisamos ter certeza de que a empresa não vai destruir nenhuma das garrafas nem outras provas materiais. Ao mesmo tempo, vamos mandar nosso pessoal para lá, junto com o Departamento de Saúde, para descobrir exatamente como isso aconteceu e de onde veio o arsênico. Já está bem claro para mim que a substância não pode ter vindo do sistema de águas de Hetch Hetchy, porque ele produz a água mais limpa do norte da Califórnia.

— Você acha que é a água? — perguntou Samuel.

— Claro que sim — respondeu Barney. — Aposto que o dono comprou água de algum lugar no vale central, porque é mais barato, e depois a engarrafou bem aqui em Chinatown.

— Vou ligar para o procurador e deixá-lo a par da situação — disse Bernardi.

— Você acha que o dono é o responsável? — indagou Samuel.

— Aposto dez pratas.

— Não vou apostar nada. Já perdi dinheiro demais com os Forty-Niners.

* * *

Pelo menos vinte pessoas, incluindo Samuel, Bernardi, Philip Macintosh, Dentuça e o procurador-assistente, Jack Bruschet, estavam reunidas em frente a um prédio de tijolinhos na Trenton Street, no coração de Chinatown. Uma placa amarela e encardida sobre a entrada anunciava que o edifício era sede da Companhia de Água Mineral Botão de Flor.

Bruschet era alto e tinha cabelos castanhos cacheados e desgrenhados. Usava um terno preto barato e velhos sapatos marrons. Sua camisa branca estava toda amarrotada, e a gravata azul tinha manchas de alguma coisa que ele havia comido no jantar do dia anterior — e provavelmente no café da manhã também. Em suma, o homem era a mais perfeita imagem do servidor público dedicado, do maxilar de traços marcantes à expressão irritada no rosto.

O procurador-assistente bateu à porta. Como ninguém atendeu, ele a abriu com um chute, invadindo o prédio com dois policiais armados logo atrás. Dentuça e o restante da comitiva seguiram seus passos.

— Estamos entrando em nome da Procuradoria-Geral do Estado da Califórnia — disse Bruschet em voz alta, agitando um maço de papéis no ar.

À primeira vista, o interior cavernoso e sem janelas parecia deserto, guardando nada mais do que três tanques enormes. Estava quente dentro do salão, e um leve cheiro de amêndoas pairava no ar pesado. Mas, quando os olhos do grupo se ajustaram à escuridão, eles viram três trabalhadores chineses, cada um escondido atrás de um tanque. Dentuça foi a primeira a vê-los e, percebendo quão assustados estavam, falou em cantonês.

— Esses homens não vieram aqui para fazer mal — tranquilizou-os. — Estão procurando o dono. Vocês sabem onde ele está?

Os três se entreolharam, surpresos, e depois encararam Dentuça com o rosto inexpressivo. Por fim, um deles falou.

— Nenhum de nós conhece o dono — respondeu, também em cantonês. —Trabalhamos para o Sr. Huang Wang. É ele quem diz o que temos que fazer.

— Onde está o Sr. Wang? — perguntou ela.

— Ele só vem depois da hora do almoço, talvez mais tarde.

— Onde vocês engarrafam a água? — perguntou Dentuça.

— No prédio ao lado.

— Para que servem esses tanques?

— É aqui que fervemos a água.

— De onde ela vem?

— Um caminhão bem grande traz a água para cá duas vezes por semana, às seis da manhã.

— E de onde vem o caminhão?

Todos eles deram de ombros.

— Você vai ter que perguntar ao Sr. Wang.

— O procurador diz que esta empresa está registrada sob o nome do Sr. Min Fu-Hok. Vocês já o viram por aqui?

Não houve resposta, então ela perguntou mais uma vez. Os três balançaram a cabeça.

Depois de Dentuça ter traduzido as respostas dos funcionários chineses para os investigadores, um Bruschet muito impaciente tomou a palavra.

— Chega dessa merda! — berrou ele para os três homens escondidos atrás dos tanques, sem nem mesmo esperar pela tradução de Dentuça. — Digam ao chefe que essa empresa está interditada. — Ele tirou um rolo de fita adesiva do bolso, puxou o mandado de interdição de seu maço de documentos e o colou em um dos tanques. Em seguida, colou outra cópia na porta que ele havia chutado. — Tenente, precisamos que o pessoal da perícia recolha amostras da água desses tanques, e depois vamos confiscar todas as garrafas que estão prontas para entrega.

— Vamos cuidar disso, Sr. Bruschet — assegurou Bernardi.

— Mas também precisamos de provas para o nosso caso. Lembre-se de que, além de ser uma ação de interdição da empresa, essa também é uma investigação de homicídio.

— O procurador Mosk está ao seu lado, tenente. Daremos permissão a tudo o que o senhor quiser, desde que não interfira em nosso papel de prevenir danos à população da Califórnia.

— Obrigado, Sr. Bruschet. Tomarei isso como uma permissão para meu pessoal fazer seu trabalho. — Com isso, Bernardi praticamente empurrou o procurador-assistente para tirá-lo da sua frente e mandou sua equipe coletar provas.

— Precisamos descobrir de onde vem a água — disse Samuel.

— E nós vamos fazer isso, mas nosso trabalho agora é impedir que esse maníaco continue produzindo e distribuindo mais garrafas com água envenenada.

— Você não pode descobrir com esses homens se eles conhecem mais alguém que trabalhe na empresa? — perguntou Samuel a Dentuça.

— Espere um pouco. Eles estão muito assustados. Esse cara pode até ser um bom procurador, mas não sabe nada de relações públicas nem de costumes chineses.

Ela levou os trabalhadores até um canto do salão úmido e começou a conversar com eles bem baixinho. Bernardi e Mac seguiram o encanamento que saía de um dos três tanques de água e ia até o prédio vizinho, onde engradados de garrafas se empilhavam até o teto, próximos a uma velha engarrafadora. Uma placa com as palavras "Cervejaria Hamm's, São Francisco" estava presa a um dos lados da máquina, junto com os números "1934", ano em que fora fabricada.

— Olha só isso — alertou Samuel. — Essa máquina deve ter sido fabricada logo depois da revogação da Lei Seca. A julgar pelo restante da fábrica, o Sr. Min deve tê-la comprado por uma bagatela.

— É mesmo — disse Bernardi. — Está cheia de arames e fita isolante.

— E água envenenada — acrescentou Samuel. — Você não acha curioso o fato de não ter ninguém por perto?

— Você ficaria de bobeira aqui se alguém arrombasse a porta do seu local de trabalho com um chute? — perguntou Mac.

— Espero que Dentuça possa juntar as peças que estão faltando — disse Samuel. — Bruschet me lembra de Perkins. Dois servidores públicos que são farinha do mesmo saco.

— Mas Bruschet realmente está tentando proteger a população. Perkins só quer saber de se promover — lembrou Bernardi.

As equipes confiscaram todas as garrafas de água e fizeram testes para verificar a presença de produtos tóxicos nos tanques. Mac ficou espantado com os resultados.

— Há tanto arsênico na água que nem sei o que dizer. Será que alguém estava botando veneno de propósito?

— Havia arsênico também na água engarrafada? — perguntou Samuel.

— Muito, e fizemos bem em interromper a produção. Tem quase o dobro da quantidade presente no tanque. Se uma pessoa bebesse um gole da garrafa, podia morrer na hora.

Nesse momento, Dentuça voltava com os três trabalhadores que haviam se escondido atrás dos tanques.

— Eles disseram que doze pessoas trabalham aqui e me passaram os nomes. Podemos encontrá-los com a ajuda do Sr. Song.

Também me contaram que a água vem do parque estadual Fort Ross.

— Então eles sabiam mais do que disseram no primeiro momento — afirmou Samuel.

— Sim, mas o senhor não pode culpá-los por não falar. Estavam com medo — defendeu Dentuça.

— Fort Ross fica ao norte de Jenner, no litoral? — perguntou Bernardi.

— Isso mesmo — confirmou Dentuça. — O chefe manda um carro-pipa até lá duas vezes por semana, e eles tiram água do rio.

— Algum deles já foi até lá pegar água? — quis saber Samuel.

— Sim, todos eles.

— Quem escolheu o local?

— O Sr. Min. Ele disse aos trabalhadores que era de graça e que, se fossem descobertos, deveriam dizer às autoridades que estavam pegando água para irrigação.

— Algum deles sabe ler ou escrever em inglês? — perguntou Bernardi.

— Não, mais posso pedir para cada um gravar um depoimento em cantonês — respondeu ela.

— Pergunte se eles sabem onde podemos encontrar o Sr. Min — pediu Samuel.

A pergunta de Dentuça, no entanto, foi respondida com olhares vagos.

O pesadelo de todos os pais

Jim Abernathy era o rei da sucata da baía de São Francisco.

Ele construiu um império depois de comprar seu primeiro ferro-velho no distrito industrial em West Oakland, e, mais tarde, expandiu os negócios até se tornar o maior exportador de aço reaproveitado do país para o Extremo Oriente. Mas, quando sua esposa faleceu, passou a concentrar-se exclusivamente em dar aos três filhos — Margaret, a mais velha, James Jr. e Grace — todas as coisas que ele não teve nem na Irlanda nem como jovem imigrante nos Estados Unidos.

Como Grace não chegou a conhecer a mãe, que morreu durante o parto, o pai dedicava boa parte de seu tempo livre a garantir que ela fosse bem-sucedida nos estudos e na vida social. Ele pagava cursos caros de canto e dança, fazia questão de que ela tivesse atividades extracurriculares na escola. Resultado: excelente aluna, Grace foi facilmente aceita na Universidade de Berkeley, na Califórnia. Embora não fosse a mais bonita da faculdade, era atraente e, mais importante, rica. Entrou para a prestigiosa irmandade Kappa Kappa Gamma e logo passou a ser cortejada tanto por jovens endinheirados que queriam aumentar seu status social e financeiro nas altas rodas de São Francisco quanto por alpinistas sociais como Chad Conklin — capitão do time de futebol americano e figura muito conhecida no campus —, que cobiçavam o acesso aos círculos de poder da cidade.

Conklin venceu a disputa, e os dois se casaram após a formatura, em junho de 1959. O casamento foi um dos maiores eventos sociais do ano em São Francisco, e logo depois Conklin partiu para completar seus dois anos de treinamento militar obrigatório como oficial da reserva.

Enquanto Chad estava na Marinha, Grace se transformou em uma influente socialite e ícone da moda. Ainda tinha a mesma ambição de se manter no topo que a fizera emergir de Berkeley como parte da elite da cidade.

Quando Conklin voltou de sua missão naval, concentrou suas energias na construção de um império na Conklin Chemicals, e não demorou muito até que seus negócios prosperassem. Com lucros sempre crescentes, ele pagou uma quantia considerável por uma casa em Piedmont, uma cidade pequena e rica em East Bay, nos arredores de Oakland, que é muito maior e menos abastada. Tanto a casa quanto a localidade combinavam com sua necessidade de ostentar seu sucesso. Por causa de suas ligações com o mundo do esporte, ele foi muito bem recebido no exclusivo Claremont Country Club, onde jogava golfe com homens de negócios e pessoas que ele queria impressionar. Também incentivou Sambaguita Poliscarpio, o filipino que era seu braço direito, a aprender a jogar no campo de golfe municipal — Conklin não podia recebê-lo no clube, uma vez que só aceitava brancos —, pois era um esporte muito útil para jogar com os executivos que vinham do Extremo Oriente.

No início, Grace achou que era feliz. Conklin era um bom provedor, não bebia e estava subindo na vida. Também oferecia o padrão de vida com o qual ela estava acostumada. A jovem usava seus muitos talentos dentro de casa, transformando o jardim em um espetáculo à parte e cobrindo as paredes com obras de arte caras. Mas logo ela percebeu que Conklin não estava emocionalmente disponível. Quando tomou coragem para enfrentá-lo, pedindo que passasse mais tempo em casa, ele a ignorou, dizendo que estava ocupado demais no trabalho.

Embora estivesse cada vez mais infeliz, Grace aceitou a desculpa do trabalho por um tempo, mas acabou chegando à amarga conclusão de que o marido não tinha interesse por ela. Ou ele ficava no clube jogando golfe com homens de negócios, ou estava enfiado no escritório com Sambaguita, pensando em um jeito de ganhar ainda mais dinheiro com a indústria química.

Ela sonhou com uma vida digna dos contos de fadas, com o herói da faculdade e a família ideal. Os dois pareciam tão lindos nos eventos sociais — Grace de braço dado com Chad, seu sorriso belo e contagiante — que as pessoas ficariam chocadas se soubessem o verdadeiro vazio que era seu relacionamento.

Certa noite, sob a luz das velas do jantar que ela havia preparado especialmente para ele, Grace implorou mais uma vez.

— Não dá mais para continuar assim — queixou-se ela, angustiada, retorcendo o guardanapo de tecido sobre o colo, o cenho franzido. — Achei que você queria um casamento de verdade. Você nem olha mais para mim, nunca está por perto. Eu preciso fazer sexo mais de uma vez por mês e quero ter filhos.

— Toda história tem dois lados — respondeu ele, cheio de desdém. — Sempre a vejo sassaricando por esta casa, pelo jardim, pelo country club, por todos os lugares. Você não mexe um dedo sequer para deixar minha vida mais confortável e completa. Só quer sentar a bunda no sofá e ficar esperando as outras pessoas cuidarem de tudo. E você gasta dinheiro feito um país em guerra!

— É você quem exige que eu esteja sempre bonita e vestida com as roupas mais caras e que eu frequente o clube na companhia das pessoas certas! — gritou ela, a dor da rejeição dilacerando seu coração.

— Mas que inferno! — praguejou ele, o rosto ficando vermelho. — Você não pode ser apenas uma dondoca, uma boneca de porcelana! — Conklin a encarou e levantou o dedo ameaçadoramente. — Achei que você seria um trunfo para a minha carreira, não mais um fardo que tenho que carregar. Você só sabe ficar reclamando e choramingando, enquanto eu pego no pesado!

Grace se levantou e deu um tapa na cara dele antes de deixar a mesa de jantar. Aos prantos, correu para o quarto de hóspedes e trancou a porta. Chad dormiu sozinho naquela noite e em muitas noites seguintes. Não demorou até que tivessem quartos separados. A sorte estava lançada para o que restava de casamento: só permaneceriam juntos para manter as aparências. Se ela quisesse mais do que isso, teria de procurar em outro lugar.

A verdade era que Conklin nunca teve qualquer interesse em Grace além de usá-la para ascender financeiramente e ter acesso aos poderosos de São Francisco. No fim, ficou claro que ele estava empenhado em utilizar todo e qualquer meio para se tornar um empresário de sucesso e que ela estava sozinha e deprimida. O casamento que nunca deveria ter acontecido estava em frangalhos — um desfecho que Jim Abernathy previra desde o início.

* * *

ALGUNS MESES DEPOIS DAQUELA discussão no jantar, Grace caminhou até uma parada de ônibus em São Francisco e esperou pelo ônibus que a levaria a Piedmont. Sentada no banco gasto pelo tempo, ela baixou a cabeça e chorou.

— Por que fiz isso comigo?

Quando ergueu os olhos, viu um velho bêbado e maltrapilho, com uma enorme margarida murcha nas mãos, olhando para ela. Não havia mais ninguém por perto. Ele ergueu a flor na direção de Grace. Ela enxugou as lágrimas que corriam pelo rosto e abriu um leve sorriso. Ele continuou caminhando em sua direção, com a margarida murcha ainda estendida. Quando o bêbado chegou ao banco, sua atitude mudou completamente, e ele a atacou. Pegou uma corda do bolso do casaco e passou-a em volta do pescoço dela. Grace lutou e chutou e tentou gritar, mas o agressor apertou ainda mais corda e a retorceu, e ela só conseguiu gemer. A luta durou apenas uns instantes, até que ela caísse sobre o banco, sem vida. Enquanto as sombras do crepúsculo recaíam sobre a rua deserta, o homem arrastou o corpo de Grace para trás do banco, onde ninguém poderia vê-lo.

Pouco depois, o ônibus que Grace estava esperando parou em frente ao ponto vazio. As portas da frente se abriram, e dois passageiros desceram, cada um seguindo para uma direção.

* * *

ÀS DEZ HORAS DA manhã seguinte, Samuel apareceu no gabinete de Bernardi, pois já soubera do assassinato de Grace Conklin pela frequência de rádio da polícia. Ele cumprimentou o detetive com um breve aceno e foi direto ao assunto.

— A morte dessa moça é inacreditável — disse Samuel. — Você tem alguma pista que leve ao assassino?

— Nada muito conclusivo — respondeu Bernardi. — Mas estamos analisando tudo o que foi encontrado no local do crime. É uma parada de ônibus, então só Deus sabe quantas pessoas passam por lá todos os dias.

— Barney deu a notícia a Conklin, mas duvido que tenha contado algo a Jim Abernathy. Talvez seja melhor que ele receba a notícia por nós.

— Bem pensado, Samuel. Vai ser muito difícil para ele.

Naquela tarde, Samuel e Bernardi foram até o escritório de Abernathy na região do porto, em West Oakland. Era ali que o Rei da Sucata empilhava seu aço e todos os seus carros amassados, que depois eram levados em navios para o Extremo Oriente. Era esse o negócio que tornava o Sr. Abernathy um homem muito rico.

Quando o carro se aproximou do portão, um segurança armado os parou. Vestia um uniforme preto e tinha um emblema na manga esquerda, logo abaixo do ombro, que dizia "Sheffield Segurança".

— O que querem aqui? — vociferou o homem.

— Assunto de polícia — respondeu Bernardi. — Diga ao Sr. Abernathy que o tenente Bernardi do Departamento de Polícia de São Francisco quer falar com ele.

O guarda hesitou um pouco ao ouvir a palavra "polícia", em seguida, avaliou o terno marrom desbotado e os cabelos curtos de Bernardi.

Samuel teve a impressão de que o segurança provavelmente não acreditou que Bernardi fosse policial.

— Preciso da sua identificação, senhor.

Bernardi lustrou o distintivo e o exibiu para o guarda.

— Desculpe, senhor. Todo cuidado é pouco nesta vizinhança — disse o guarda, sorrindo pela primeira vez. Ele deu passos rápidos até o portão e o destrancou, abrindo-o logo depois. — É o prédio ali na orla, perto do píer — falou, apontando para a baía.

Bernardi estacionou perto de uma construção pintada de bege, de um andar, e os dois saíram do carro. Subiram os degraus que levavam até um pórtico de madeira, entraram por uma porta simples e encontraram uma recepcionista sentada atrás de uma bela mesa de jacarandá. Ela usava óculos, e seus cabelos estavam presos em um coque. Havia uma central telefônica à sua direita e uma máquina de teletipo atrás. À esquerda, um painel mostrava os números do mercado de ações. Atrás da mesa ficava uma enorme bandeira da Irlanda, emoldurada em vidro. Uma plaquinha informava que a bandeira tinha sido assinada por Michael Collins.

— Quem é Michael Collins? — quis saber Bernardi.

— Era um patriota que comandou o exército irlandês — respondeu Samuel. — Dizem que foi morto por seus próprios homens em 1922.

— Como você sabe disso?

— Eu gosto de ler.

A secretária olhava para os dois com curiosidade.

Eles se apresentaram, e Bernardi mostrou suas credenciais. Ela conectou um cabo à central telefônica e anunciou os visitantes. Segundos depois, Abernathy abriu uma porta no fim do corredor.

Ele estava de terno preto de risca de giz, camisa branca engomada e uma gravata vermelha cara.

— Entre, tenente, e olá, Sr. Hamilton. Estava ansioso pelo nosso encontro. É por isso que estão aqui? Achou que precisava de escolta policial para conversar comigo sobre aquele desgraçado interesseiro do Chad Conklin? — disse ele e sorriu.

— Infelizmente não estamos aqui por isso — respondeu Samuel. — O tenente vai explicar tudo.

O sorriso de Abernathy desapareceu.

— É uma visita oficial da polícia? — perguntou ele, olhando primeiro para Bernardi e depois para Samuel.

— Se o senhor não se importa, podemos entrar? — disse Bernardi.

Já dentro do espaçoso e elegante escritório, Abernathy afundou na poltrona de couro acolchoada, entrelaçou os dedos e pousou as mãos sobre as pernas. Na mesa, uma linda xícara de porcelana com café fumegante encontrava-se junto ao mata-borrão. Samuel ficou surpreso com a intensidade com que Abernathy olhava para eles. Parecia um tigre esperando para atacar.

— E, então, droga, vamos logo com isso — vociferou ele.

— Trazemos más notícias — começou Samuel, com um tom de voz triste.

Abernathy se retraiu.

— Que más notícias?

— Sua filha Grace foi assassinada — disse Bernardi.

O silêncio tomou conta da sala. O rosto de Abernathy foi ficando vermelho. Seu olhar tornou-se selvagem, assombrado, algo que Samuel nunca tinha visto na vida. Seu corpo rijo saltou da poltrona como se tivesse sido disparado por um canhão. Ele pegou a xícara de café e a jogou contra a parede à direita de Samuel e Bernardi, deixando a mesa, o chão e a parede salpicados de café e cacos de porcelana.

— Aquele filho da puta do Conklin matou minha filha. Quero a cabeça dele, tenente. Sei que foi ele — garantiu. Quando voltou a se sentar, sua raiva se dissipou. Com o rosto pálido, ele se curvou e de repente parecia pequeno e vulnerável. Tentou falar, mas nenhuma palavra saía de sua boca. — Quando...? — conseguiu sussurrar enfim, a voz grave.

— Noite passada, em um ponto de ônibus de São Francisco, perto da ponte.

— Que tipo de pessoa faria uma coisa dessas? Vocês têm alguma prova de que foi Conklin?

Bernardi negou com a cabeça.

— Até o momento, não sabemos quem foi. Sua filha foi encontrada atrás do banco do ponto de ônibus. Foi estrangulada. O médico-legista já notificou o marido, mas Samuel e eu achamos que seria melhor que o senhor recebesse a notícia por nós, já que, até onde eu sei, sua relação com seu genro é difícil.

— Difícil não é bem a palavra, tenente. Acho que aquele filho da puta matou minha filha, ou mandou matá-la, só para botar a mão na grana dela. Tenho certeza de que Samuel contou ao senhor sobre a merda de relacionamento que eles tinham.

Ele apoiou a cabeça no tampo da mesa e começou a chorar. Seus soluços eram altos e desesperados.

A secretária entrou correndo na sala e perguntou:

— O que aconteceu?

Abernathy ergueu a cabeça. Entre um soluço e outro, disse:

— Mataram minha menina! Mataram minha menina! — Depois baixou a cabeça novamente, imerso em soluços descontrolados.

A secretária começou a chorar e fez menção de se aproximar do chefe, mas Bernardi fez um gesto para que ela permanecesse onde estava.

— É melhor deixar ele chorar. Senão vai ficar com isso entalado.

— Devo chamar um médico? — perguntou ela com a voz trêmula.

— Não é má ideia — concordou Samuel, e Bernardi assentiu. A mulher saiu da sala e fechou a porta.

— Podemos fazer alguma coisa pelo senhor? — perguntou Bernardi.

O homem se endireitou na cadeira.

— Agora não, tenente. Preciso voltar para casa, ver meus filhos. Não posso dar uma notícia dessas pelo telefone. — Ele se levantou, puxou a barra do paletó e ajeitou a gravata. — Se o senhor ainda quiser o emprego, Sr. Hamilton, a oferta está de pé — disse Abernathy com a voz entrecortada. — Depois do enterro da minha menina, vamos conversar.

Abernathy cumprimentou os dois visitantes com um aperto de mão, e os três deixaram o escritório juntos. O homem olhou para a secretária por cima do ombro.

— Diga ao médico que deve ir até minha casa, mas não conte o motivo. Meus filhos vão precisar de ajuda para superar isso. Grace era o xodó da família.

* * *

Na Catedral Old Saint Mary, na esquina da California Street com a Grant Avenue, no coração de Chinatown, aconteceu um dos maiores funerais da história de São Francisco. Mais de três mil pessoas de todas as classes sociais foram se despedir de Grace Abernathy. Elas lotavam as calçadas e as ruas em volta da construção de tijolos vermelhos que abrigava a igreja desde meados do século XIX.

O arcebispo da diocese pronunciou o discurso fúnebre. Samuel estava dentro da igreja com Melba e sua filha Blanche, enquanto Bernardi se sentou junto de sua namorada, Marisol. A família

Abernathy ocupava um banco na primeira fileira; Conklin estava no banco do outro lado, sozinho.

A missa foi bonita, e, perto do fim, um pequeno coro da Orquestra Sinfônica de São Francisco entrou pela porta lateral, cercou o caixão coberto de flores e, acompanhado pelo organista da catedral, cantou a "Lacrimosa", do *Réquiem* de Mozart, e a *Ave-Maria*. Quando tudo terminou, dezesseis homens, incluindo Jim Abernathy e seu filho, James Jr., foram até o caixão e o conduziram vagarosamente pelo longo corredor até o carro fúnebre que os aguardava.

Chad Conklin não estava entre eles.

* * *

Depois que Grace foi enterrada junto da mãe no jazigo da família, no Cemitério Católico da Cruz Sagrada, em Colma, região sul da cidade, os enlutados foram até o Camelot. Mais de duzentos parentes e amigos lotaram o bar, todos querendo um gole de uísque irlandês. Melba estava preparada. Tinha contratado cinco atendentes extras e um tocador de gaita de fole. Também havia pendurado um cartaz dizendo que as bebidas eram por conta da casa. Livre de suas tarefas como garçonete, Blanche circulava pela multidão. Os parentes e amigos de Grace se reuniam em pequenos grupos, relembrando sua juventude com muitas lágrimas. De vez em quando, entoavam canções irlandesas. O diretor do Colégio Sagrado Coração, onde Grace havia se formado com as melhores notas, teceu elogios em um discurso longo e sofrido, durante o qual ninguém sequer sussurrou.

Samuel e Blanche ficaram até o anoitecer, e depois saíram de fininho para o apartamento dele.

Muitos mortos

Samuel e Blanche fizeram amor até pouco depois da meia-noite. Ele a beijou na testa carinhosamente.

— Você mudou minha vida — disse ele. — Nunca imaginei que ela pudesse ser tão boa assim.

— Você é que mudou minha vida, Samuel. Mas estou preocupada com você.

— Está tudo bem. Só tenho que ajudar a solucionar a morte de todas essas pessoas.

— Não estou falando dos crimes — explicou Blanche, baixinho, acariciando o pescoço dele. — Estou falando da sua demissão, do fator psicológico.

— Não ter emprego é horrível — disse Samuel, apoiando-se nos cotovelos e olhando para ela. — Mas isso não chega nem perto dos meus piores dias. Nunca falei sobre essa época com você, falei?

— Não, não falou. Minha mãe me contou que seus pais foram assassinados e que você teve que sair da faculdade. Vi como você deu a volta por cima e desvendou aqueles assassinatos em Chinatown.

— Não foi só isso. O assassinato dos meus pais foi terrível. Mas você não sabe o que aconteceu depois. Quase matei uma moça porque resolvi dirigir bêbado. Eu podia ter sido preso, mas um jovem advogado de São Francisco me livrou da cadeia. Penso naquela moça todos os dias, e me sinto muito culpado por seu estado, por todo seu processo de recuperação. Claro, o que fiz a ela é imperdoável.

— Isso foi há muito tempo, não foi?

— Foi, mas nunca superei o acidente.

— Você tem contato com ela?

— Tenho sim.

— Como ela está agora?

— Ainda tem muitos problemas, mas voltou a pintar, e ela e o filhinho estão indo bem.

— Ela é artista? — perguntou Blanche.

— É. E, até onde eu sei, muito boa. É francesa.

— E ela é fisicamente capaz de cuidar de si mesma e do filho?

— Ah, sim. Ele é um menino adorável, e o fato de ela ser mãe a ajudou muito na recuperação.

— Por que você não se oferece para fazer algo por ela, como ajudá-la financeiramente enquanto se estabelece no mundo da arte?

— Era o que eu estava fazendo antes de ser demitido.

— Ah, acho que agora entendi de onde vem essa tristeza. Como posso ajudá-lo a se sentir melhor?

Samuel sorriu.

— Você já está fazendo o suficiente. Preciso arrumar um emprego e voltar a assumir minhas responsabilidades.

— Você vai aceitar a proposta de Jim Abernathy?

— Vou, mas não pelo motivo que você está pensando. Vou trabalhar para ele porque quero botar Conklin atrás das grades. Ele fez mal a muita gente.

— Então, o guerreiro Samuel ataca novamente! — falou Blanche, e deu uma risada. — Mas, agora, tente descansar um pouco — Ela o beijou e apagou a luz.

* * *

No dia seguinte, Samuel, Bernardi e Philip Macintosh encontraram-se com Barney McLeod em seu escritório. Entre uma xícara de café e outra, eles discutiam o assassinato de Grace Conklin.

— Você encontrou alguma coisa na cena do crime que possa nos colocar na direção certa? — perguntou Samuel.

— Você já está no ramo há tempo suficiente para saber que ainda não fazemos ideia de se encontramos algo ou não — retrucou Cara de Tartaruga. — Recolhemos tudo o que parece suspeito e depois analisamos com mais cuidado.

— Você se importa se a gente der uma olhada? — perguntou Bernardi.

— De modo algum. Espalhei tudo em cima da mesa da sala de reuniões. Venham comigo.

Os três acompanharam Barney até a outra sala, onde vários objetos estavam espalhados sobre uma toalha de mesa branca.

Enquanto Samuel tirava o bloco de anotações do bolso, Mac pegou a câmera e encaixou a lâmpada do flash.

— Vocês já checaram as impressões digitais de tudo isso aí? — quis saber Bernardi.

— Não do jeito que a sua equipe costuma fazer. Aliás, onde estava o seu pessoal quando tudo aconteceu?

— Muitas mortes ao mesmo tempo — respondeu Bernardi. — Não temos mão de obra suficiente. Desculpe, mas não conseguimos dar conta de tudo.

— Eu entendo — disse Cara de Tartaruga. — Acho que meus investigadores fizeram um ótimo trabalho. Vamos deixar Mac e Samuel analisarem o que acharem necessário.

— Isso aqui é uma mecha de cabelo loiro? — perguntou Samuel a Cara de Tartaruga, apontando para uns fios dentro de um envelope de provas.

— É sintético, obviamente de um aplique ou peruca. Bom, é a nossa suposição. Mas, por enquanto, não sabemos se tem conexão com o crime.

— Vocês conseguiram concluir se o assassino era homem ou mulher? — perguntou Bernardi.

— Meu palpite é que tenha sido um homem. Uma mulher não teria força para estrangular a vítima posicionando-se atrás do banco, onde achamos que ela estava sentada. E o chão atrás do banco havia sido pisoteado por uma pessoa que pesa mais de setenta e cinco quilos.

— Alguma marca de pegada? — perguntou Samuel.

— Infelizmente, nada que possamos usar.

— O que essa margarida murcha e gigante está fazendo aqui? — quis saber Samuel.

— Não temos certeza. Estava no chão e parecia meio fora de lugar, então pedi para os rapazes a guardarem no envelope.

— Estão vendo o ângulo do corte no caule? Se descobrirmos de onde ela veio, talvez possamos descobrir quem a comprou.

— Por que você acha que é uma flor comprada? — perguntou Mac.

— Porque é grande demais para ser uma flor comum de jardim. Parece que foi cultivada com muito fertilizante.

— Tire uma foto da flor, e depois você ou Mac podem tentar descobrir de onde ela veio — disse Bernardi.

— Deixe comigo — falou Samuel. — Estou com tempo livre.

— Mais alguma coisa que chame a atenção de vocês? — indagou Bernardi ao grupo.

— Recolhemos muitas guimbas de cigarro — disse Cara de Tartaruga.

— Quantas?

— Pelo menos dez, mas todas de marcas diferentes. Nem sabia que tinha tantas assim no mercado.

Samuel deu risada.

— Acho que você não assiste à TV nem vê as propagandas pela cidade. Tem tantas marcas que até eu fico confuso, e olha que nem fumo mais.

— Você encontrou alguma embaixo do banco que poderia ter sido apagada por alguém que estivesse sentado ali? — perguntou Bernardi.

— Não tivemos tanta sorte assim. Elas estavam por todo canto.

— Onde vocês encontraram esta aqui? — perguntou Samuel, pegando uma ponta de Parliament com a pinça.

— Um minuto — pediu Cara de Tartaruga. — O relatório diz que foi encontrada bem ao lado do banco.

— Pode ter sido jogada fora por alguém que estava sentado no banco — disse Samuel.

— Não, não — rebateu Cara de Tartaruga. — Essa ponta foi apagada no banco. Está vendo a foto? Aqui dá para ver.

— Alguma impressão digital nela?

— Só digitais borradas — respondeu Cara de Tartaruga. — Se tivéssemos alguma outra com que compará-las, quem sabe. Mas não esqueçam: comparar impressões digitais é um processo árduo, então, mesmo se conseguirmos identificar um padrão específico, levaremos semanas para dizer a quem ele pertence.

— Talvez a marca do cigarro seja uma boa pista — observou Samuel. — Vou começar por aí.

— Por que vocês pegaram essa folha de carvalho? — quis saber Bernardi.

— Percebemos que ela não pertencia ao local. Então, deve ter sido trazida por alguém. Talvez tenha caído da roupa do assassino.

Quando Samuel e Bernardi deixaram o escritório do legista, o detetive notou que o repórter estava com um olhar estranho.

— Qual é o problema? — perguntou ele.

— É que não faz sentido. Ainda não sei dizer o que está faltando, mas deixe-me pensar um pouco, e a gente conversa mais tarde.

✱ ✱ ✱

Naquela tarde, Samuel foi até o escritório de Bernardi na Bryant Street. Enquanto esperava pelo detetive, ficou vendo os carros zunindo na autoestrada que seguia até a ponte e pensando no que sabiam até agora sobre o caso Conklin. Quando Bernardi apareceu, Samuel dispensou a conversa fiada e foi direto ao assunto.

— Tenho um plano para esquadrinharmos a área onde Grace Conklin foi assassinada. Talvez assim a gente possa descobrir o que ela estava fazendo ali.

— Sabia que você pensaria em alguma coisa e me daria uma boa ideia, mas não foi por isso que pedi a você que desse um pulo aqui — disse Bernardi. — Na semana que vem, o procurador vai fazer a audiência sobre a água envenenada de Chinatown. Eu queria rever as provas com você, apenas para checar se temos dados suficientes.

— Vinte e dois idosos mortos, provas cabais de que pelo menos alguns deles beberam água envenenada com arsênico e retirada, sem autorização, do rio que passa no parque estadual Fort Ross... Parece um caso bem simples.

— O dono da Companhia de Água Mineral Botão de Flor, Min Fu-Hok, contratou a mesma firma que representou Conklin no tribunal — contou Bernardi.

— E o que ele tem a dizer em defesa própria? — perguntou Samuel.

— Seus advogados alegam que a empresa pode ser responsabilizada, mas que ele, pessoalmente, não — respondeu Bernardi.

— Por quê?

— Dizem que tudo o que ele fez foi para cumprir as atribuições de seu trabalho na empresa e, portanto, não pode ser pessoalmente responsabilizado.

— Mas não foi ele que mandou os empregados pegarem a água do rio?

— Foi — respondeu Bernardi —, e, de acordo com os empregados, ele nunca pediu nenhum teste para ver se a água estava contaminada. O procurador não está botando muita fé nessa estratégia nem nos advogados, pois Conklin foi o único caso criminal que eles pegaram nos últimos anos.

— Então o show começa segunda, hein?

— Foi o que o procurador disse.

— Estarei lá. Mas, falando em muitas mortes, vamos conversar um pouco sobre o caso Chad Conklin. Alguma notícia sobre a testemunha desaparecida?

— Nada. Tinha esperanças de que você pudesse me contar alguma coisa.

— Tenho uma reunião com Jim Abernathy hoje à noite no Camelot, e ele ficou de me passar algumas informações sobre Conklin. Talvez isso possa nos ajudar. Além disso, ele me ofereceu emprego há algumas semanas. Espero que isso ainda esteja de pé, porque estou falido.

— Abernathy acabou de velar o corpo da filha. Você acha que ele está pronto para lidar com Conklin tão depressa assim?

— Foi ele que pediu para marcar o encontro — disse Samuel.
— Deve estar com raiva suficiente para botar logo a mão na massa.

Mais algumas coisas
sobre Chad Conklin

SAMUEL E JIM ABERNATHY encontraram-se na sala de Melba, nos fundos do Camelot, logo atrás da mesa onde ficavam os petiscos e os frios. Uma porta de mogno polida que rangia sob a pressão da mola de aço que a mantinha fechada separava a saleta do restante do bar. Samuel, familiarizado com o local, foi andando no escuro até a mesa que ficava encostada na parede ao fundo. Ele acendeu a única fonte de luz da saleta, uma luminária que Melba havia comprado em uma loja de artigos usados e enfeitado com uma fita cor-de-rosa. A claridade suave e difusa iluminou uma cadeira giratória diante da mesa e uma cadeira comum de cozinha do lado oposto. A parede era revestida de feltro e tinha vários objetos pendurados em pregos expostos. Samuel fez um gesto para Abernathy se sentar na cadeira giratória e se acomodou na outra.

— O senhor tem certeza de que quer fazer isso agora? — perguntou Samuel.

— Pode apostar que sim — garantiu Abernathy. — Aquele filho da puta devia estar atrás das grades há muito tempo. Vamos pegar esse cara.

— Para isso, preciso encontrar Sambaguita Poliscarpio. E depois tenho que provar que Conklin o estava escondendo.

— Vamos com calma, Samuel. Vamos começar pelo começo. Prometi um emprego para você, lembra? Digamos que seu salário inicial será o mesmo que ganhava como repórter, e a empresa cobrirá suas despesas, porque você vai ter que escavar muitos podres. O que acha? É um acordo justo?

— Mais do que justo — disse Samuel, sorrindo. — Aceito.

— A próxima coisa é passar a você algumas informações sobre aquele idiota, assim você vai ter uma ideia melhor de como ele é. Já li histórias de detetives e sei que, quanto mais você sabe sobre um criminoso em potencial, mais fácil é pegá-lo.

— Certo. — Samuel tirou o bloco de anotações e a caneta do bolso. — Vamos começar com a infância de Conklin. Onde ele nasceu?

— Descobri que ele é de Bakersfield. A família veio do oeste de Oklahoma durante as secas dos anos 1930. Foi o primeiro da família a terminar o ensino médio, isso para não falar em faculdade. Mas, ao que parece, esse fato foi motivo de briga com o pai, porque, na hierarquia dos caipiras, Conklin tinha superado seu velho. — Abernathy se recostou na cadeira e esticou as pernas. — Ele era uma estrela do futebol americano em Berkeley, esteve no time que perdeu o Rose Bowl de 1959 para a Universidade de Iowa. — Um olhar triste passou por seu rosto. A dor pela perda da filha era evidente. — Mas você provavelmente já sabe de tudo isso, meu rapaz.

— Na verdade, não sei quase nada. Ninguém quer falar sobre ele. Parece que o sujeito ameaçou todo mundo.

— É, isso é bem a cara dele. Mas eu contratei um detetive particular. Por isso sei todas essas coisas.

Samuel respirou fundo e se alongou.

— O senhor gostaria de beber alguma coisa?

— Claro, vou querer uma Guinness.

Samuel saiu para o bar e voltou alguns minutos depois com uma Guinness para Abernathy e um uísque com gelo para si. Os dois brindaram.

— O senhor sabe de algum podre dele, alguma coisa que a polícia possa usar para pressioná-lo? — perguntou Samuel.

— Vou contar a você o que descobri. Ele tem uma indústria química e exporta um monte de veneno para o Extremo Oriente, coisas tipo DDT e um negócio novo, chamado Agente Laranja. Como ele mistura os produtos na fábrica, tem muitos problemas para se livrar dos resíduos tóxicos.

— Como a substância que os funcionários estavam tirando do tanque quando aquele cara morreu?

— Isso mesmo. Até onde eu sei, todo dia aparece uma coisa nova.

— E o que ele faz com os resíduos?

— Os trabalhadores tinham um banheiro no pátio, perto da baía. Mas eles mesmos não o usavam. Conklin mandava-os jogar os resíduos no vaso sanitário, e tudo ia para as águas da baía. No fim, a empresa foi multada por contaminar a água, então ele foi obrigado a parar de jogar tudo no esgoto, e agora os resíduos simplesmente se infiltram no solo. O terreno está tão contaminado que vai demorar uns cem anos para ficar limpo de novo, se é que isso ainda é possível. — Abernathy parou por um instante e deu mais um gole em sua Guinness.

Samuel, que estava anotando tudo em seu bloco, parou e ergueu os olhos.

— Isso é muito importante. O Departamento de Saúde pode fechar a fábrica. O que ele está fazendo é ilegal. Pode ser processado.

Abernathy abriu um sorriso cínico.

— Eu também pensava assim, mas o desgraçado ainda está lá, trabalhando, e, para continuar assim, do mesmo jeito, parece que ele tem muitos amigos nos lugares certos.

— Esse cara não tem nenhuma qualidade? — quis saber Samuel.

— Certa noite, eu estava tomando uns drinques com Grace e fiz a ela essa mesma pergunta. Minha filha ficava sempre com um pé atrás, porque sabia que eu não gostava do desgraçado. Mas ela começou a chorar quando me contou que Conklin realmente amava a mãe, que tentou ajudá-lo enquanto lutava para escapar da miséria em Bakersfield. Nos tempos de faculdade, ela mandava dinheiro para ele sem o pai saber. Perguntei a minha filha por que ela estava chorando. — Abernathy tentava conter as lágrimas. — E Grace me disse que queria que ele tivesse aquele tipo de afeto por ela.

Abernathy pegou um lenço e enxugou as lágrimas que teimavam em se acumular em seus olhos vermelhos e inchados.

— Desculpe, é difícil pensar naquele imbecil tratando minha menina que nem merda.

Samuel assentiu.

— Entendo como o senhor se sente. E lamento ter que fazer todas essas perguntas, mas quero compreender tudo o que aconteceu. O senhor tem alguma prova de que ele a matou?

Mesmo na penumbra da saleta de Melba, Samuel pôde ver o rosto de Abernathy ser dominado pela raiva.

— Se foi mesmo ele, ainda não consegui entender o motivo. Ele já está com a vida ganha, e, se não precisava mais de uma esposa para exibir como troféu, podia simplesmente ter ido embora. Talvez tenha alguma coisa aí que a gente ainda não sabe. Grace podia ter um amante e ele estava com ciúmes, por exemplo. Se for isso, o buraco é mais embaixo, como dizem por aí. É isso que eu quero que você descubra, se foi um caso de ciúme entre marido e mulher. Ainda acho que ele não foi idiota a ponto de matá-la com as próprias mãos. Mas estou aberto a qualquer possibilidade e vou gastar o que for necessário para descobrir quem fez isso.

Samuel folheou as páginas de seu bloquinho até encontrar o que estava procurando.

— E a testemunha que desapareceu, Sambaguita Poliscarpio? O senhor sabe alguma coisa sobre ele?

Abernathy tirou uns papéis do bolso interno do paletó e os vasculhou por um instante.

— Aqui está o que descobri sobre ele. Quando Conklin estava no treinamento da Marinha, Poliscarpio era comissário do navio que transportava os soldados para as missões de treinamento. O sujeito já estava na Marinha havia mais de vinte anos quando os dois se conheceram, então ele se aposentou e foi trabalhar com Conklin. Acho que ele percebeu que era hora de mudar de vida, pois tinha o dinheiro da aposentadoria como garantia caso as coisas não dessem certo no novo emprego.

— Onde Conklin conseguiu dinheiro para fundar a empresa? Foi com o senhor?

— Tenho vergonha de dizer que, em parte, sim. Mas ele já era dono da propriedade onde ocorreu o acidente.

— Como ele a conseguiu?

— Ele chantageou um professor da universidade.

— Como foi isso?

— Parece que o professor era uma espécie de mascote do time de futebol americano. Ficava batendo punheta para os jogadores e arrumava umas meninas para eles comerem, e Conklin ameaçou contar isso para todo mundo se o professor não emprestasse dez mil para ele comprar a propriedade. Agiu da mesma forma com a minha filha. Viu que ela tinha dinheiro e foi atrás dela. Tive um mau pressentimento desde o começo. Tentei impedir o namoro, mas você sabe como são os jovens apaixonados. Acho que só piorei as coisas. Na verdade, meu ódio por Conklin provavelmente foi a razão pela qual os dois se casaram.

— É bom saber essas coisas sobre o passado dele. Mas, se essa informação sobre jogar lixo tóxico na baía for verdade, podemos pegar o desgraçado.

— É você quem vai ter que provar tudo isso. — Abernathy sorriu, levantou-se da cadeira e apertou a mão de Samuel. — Arrumei uma sala para você na minha empresa, lá em West Oakland.

Tem mesa e telefone, e você pode pedir ajuda às minhas secretárias se precisar. Está pronto para começar amanhã?

— Sim, senhor. Estarei lá. Que horas vocês abrem?

— A sala estará disponível em qualquer horário a partir das sete.

* * *

Depois de Conklin ter sido liberado pelo tribunal, Samuel iniciou sua rotina no escritório de Abernathy em West Oakland, indo para lá todo dia e trabalhando com toda a dedicação em busca de pistas sobre o desaparecimento do braço direito de Conklin. Só assim o inquérito criminal poderia avançar. Ao mesmo tempo, Samuel mantinha suas fontes sempre alertas a qualquer evento que pudesse interessá-lo como repórter e, assim, ganharia um dinheirinho extra como freelancer.

Era manhã de sexta-feira, 22 de novembro de 1963. Samuel estava tomando café e apurando uma informação sobre o paradeiro de Poliscarpio Sambaguita. Tinha acabado de abrir a pasta para pegar o rascunho de um artigo que já estava com o prazo de entrega apertado quando ouviu a secretária de Abernathy soltar um grito. Correu para a recepção e a viu segurando um pedaço de papel que saíra do teletipo, chorando descontroladamente.

— O que foi, Agnes? — perguntou ele, alarmado.

Mas a mulher só foi capaz de lhe entregar o papel. Estava escrito: Presidente baleado em Dallas aproximadamente 12h30 horário local.

Samuel leu e releu a mensagem, depois correu até a máquina e viu que ela estava trabalhando a todo vapor. Tinha parado de dar cotações da bolsa de valores e uma pilha de papéis já começava a se formar no chão. Samuel se agachou e começou a ler o que vinha sendo relatado. Ainda ouvia Agnes chorar na mesa da recepção, e notou que ele mesmo estava com a respiração acelerada. Mal podia acreditar no que estava lendo.

Quando Jim Abernathy chegou e viu a secretária paralisada em meio a um mar de lágrimas, perguntou a Samuel o que diabos estava acontecendo.

— O presidente acabou de ser baleado — balbuciou Samuel.

A reação de Abernathy foi visceral.

— Não pode ser — disse, balançando a cabeça. — Ele é o primeiro presidente descendente de irlandeses. Apostamos muito nele, uma coisa dessas não podia acontecer.

Samuel fez que sim com a cabeça.

— Eu sei. Mas aqui está, preto no branco.

Abernathy apressou-se em ligar a TV que ficava em sua sala, e Samuel veio logo atrás dele. Na CBS, Walter Cronkite dava detalhes sobre o que havia acabado de acontecer. Os dois ficaram diante do aparelho, estarrecidos. Às onze horas da manhã, Cronkite confirmou o pior. O jovem presidente estava morto.

Samuel balançou a cabeça e olhou para Abernathy, que tinha um olhar sombrio de negação.

— Não pode ser verdade — disse ele.

— Eu não sou irlandês — falou Samuel. — Mas aposto que estou sentindo o mesmo que o senhor. Ele era um dos nossos, o primeiro presidente nascido no século XX. Representava nossos sonhos e esperanças de um futuro melhor. Ia terminar o trabalho que Roosevelt começou, mas, agora, acho que tudo está perdido mesmo. Os extremistas vão dizer que ele era liberal demais e vão acabar com os direitos civis, com os direitos humanos e com todos os outros direitos que a gente puder imaginar. Acho que podemos esperar tempos terríveis.

Abernathy desligou a TV. Os dois ficaram sentados sem dizer uma palavra sequer durante muitos minutos, tentando compreender toda a magnitude do que acabaram de ver.

Samuel enxugou as lágrimas na manga do blazer cáqui.

— Preciso ir embora.

— Vamos visitar Melba — sugeriu Jim. — Ela vai cuidar de nós.

— Certo.

Já de saída, Abernathy acenou para a secretária.

— Venha, Agnes, todos precisamos estar com amigos agora.

E ela os acompanhou porta afora.

Ninguém falou nada por todo o caminho.

Quando chegaram ao Camelot, o bar em formato de ferradura não tinha nem um centímetro livre. Melba estava atrás do balcão, servindo bebidas por conta da casa, a maquiagem borrada de tanto chorar. Ao ver Samuel e Jim Abernathy, ela parou o que estava fazendo e veio recebê-los. Abraçou Jim e depois agarrou-se a Samuel, chorando. Com a voz entrecortada, disse:

— Não consigo acreditar que isso esteja acontecendo.

Todos no bar estavam tristes, os olhos fixos na televisão acima do balcão. Pareciam zumbis assistindo à tela que tagarelava sem parar sobre a tragédia. Alguns bebiam, outros secavam as lágrimas.

E, então, Jim Abernathy subiu no balcão e começou a cantar "Danny Boy" com sua linda voz de barítono. E, um a um, os que sabiam a letra começaram a cantar junto. E os que não sabiam só moviam os lábios. Foi um verdadeiro velório irlandês.

O povo contra Min Fu-Hok

Chegou o dia do acerto de contas para Min Fu-Hok. Dois dos melhores advogados do gabinete da procuradoria responderam à convocação do juiz que presidia o caso.

— A acusação está pronta e calcula que o caso levará dez dias.

— A defesa está pronta para o julgamento, meritíssimo — rebateu um dos advogados de defesa. — Calculamos que o caso não levará mais que dois dias.

— Este caso foi atribuído ao juiz Hiram Peterson, da Oitava Vara. Haverá, porém, um breve atraso. A sessão começará às onze da manhã.

Depois do anúncio da escolha do juiz, ouviu-se um murmúrio entre os membros da procuradoria, que ocupavam o fundo da sala. Samuel, sentado entre eles e fazendo anotações em seu bloquinho, levantou a cabeça.

— Não é o cara que liberou Chad Conklin? — quis saber ele.

— Não foi bem isso que aconteceu — disse um dos advogados. — Ele só não foi a julgamento na Suprema Corte. À época, todos nós concordamos que não tínhamos provas suficientes. Peterson e o procurador trabalharam juntos durante muitos anos na

Procuradoria-Geral dos Estados Unidos. Ele tem certeza de que o juiz fará a coisa certa e nos disse que não valia a pena tentar tirá-lo do caso. Não ia pegar bem, politicamente falando. E, se o juiz ficar irritado com a gente, ele pode nos prejudicar em outros processos. Temos muitos casos agendados.

— E por que vocês não tentam tirar esse juiz de todos os casos? — perguntou Samuel.

— Porque não há juízes suficientes. E postergar um caso provoca vários problemas com os prazos dos julgamentos. Se os advogados de defesa descobrirem que estamos à procura de um novo juiz para o caso, vão parar de adiar o prazo final, pois correrão o risco de pegar esse novo juiz em caso de atraso. E, como você sabe, se o caso não for a julgamento dentro do prazo, o réu é liberado.

* * *

Às onze horas em ponto, o meirinho abriu a porta da sala de audiências do juiz Hiram Peterson, e os advogados de defesa e de acusação, além dos espectadores, adentraram o recinto. Havia mais de cem pessoas no local, e mais da metade delas era chinesa. Algo muito incomum na parte branca da cidade.

Samuel foi abrindo caminho em meio à multidão.

Quando a plateia se sentou, o auxiliar de justiça entrou por uma porta nos fundos da sala e colocou um arquivo sobre o estrado do juiz. Logo depois, o meirinho surgiu por uma porta lateral e anunciou:

— Está aberta a sessão da Oitava Vara da Suprema Corte da cidade de São Francisco, presidida pelo excelentíssimo juiz Sr. Hiram Peterson. Por favor, permaneçam sentados.

Um sujeito alto entrou na sala pela porta dos fundos, subiu dois degraus até o estrado e se sentou em uma cadeira de couro marrom. Com vestes esvoaçantes, impecáveis cabelos grisalhos e queixo quadrado, o juiz Peterson era mesmo uma figura imponente, bem como Samuel se lembrava. O juiz pegou os óculos, leu alguma coisa em uma folha de papel e ordenou ao meirinho que anunciasse o caso.

O auxiliar de justiça se levantou da mesa que ficava diante do estrado.

— O povo do estado da Califórnia contra Min Fu-Hok — disse, informando também o número do processo. — Por favor, façam suas apresentações para registro nos autos e declarem à corte o tempo estimado.

Um dos advogados da procuradoria se levantou.

— Giuseppe Maximiliano, pela acusação. Estimamos dez dias, meritíssimo.

O advogado de defesa que já tinha representado Chad Conklin falou em seguida.

— James Morrison, da firma Pillsbury, Madison e Sutro, pela defesa. Estimamos no máximo dois dias. E olhe lá. — Seu tom de voz era arrogante, e ele mal disfarçou um sorrisinho sarcástico quando voltou a se sentar.

— Alguma solicitação? — perguntou o juiz.

— Sim, meritíssimo — respondeu Maximiliano. — Pedimos para que todas as testemunhas em potencial se retirem da sala de audiências.

— Alguma objeção, Sr. Morrison?

— Nenhuma, meritíssimo.

— Mais alguma solicitação? — perguntou o juiz.

Depois de alguns instantes de silêncio, o advogado de defesa se levantou mais uma vez.

— Meritíssimo, temos mais uma solicitação, mas gostaríamos que ela fosse ouvida a portas fechadas.

— Muito bem — disse o juiz. — A sala de audiências irá reabrir às duas horas da tarde. — Ele se voltou para o auxiliar de justiça. — Convoque o júri. Mais tarde, quando voltarmos, todos os espectadores terão de se sentar à esquerda. Precisaremos do lado direito para os possíveis membros do júri. — Ele pegou o arquivo e saiu da sala de audiências em direção a seu gabinete, seguido por dois advogados de acusação, três advogados de defesa e o escrivão.

Naquela tarde, Giuseppe contou a Samuel o que tinha acontecido atrás das portas. De acordo com o advogado da procuradoria, depois que todos entraram no gabinete do juiz, Peterson se virou para o advogado de defesa e falou:

— O que podemos fazer pelo senhor?

— O processo afirma que nosso cliente é acusado de vinte e duas mortes por envenenamento com arsênico.

— Foi isso o que disse o Grande Júri — rebateu o juiz.

— Mas só existem provas de uma morte, a de uma idosa, a Sra. Chow — falou Morrison. — O restante da acusação é baseado apenas em evidências circunstanciais.

— E o que o senhor quer que eu faça, Sr. Morrison?

— Quero uma ordem que proíba a acusação de mencionar as mortes de qualquer outra possível vítima de envenenamento, a menos que, antes de trazer à tona tais mortes, sejam apresentadas ao tribunal provas de que o falecimento ocorreu por envenenamento por arsênico depois de beber água da Companhia de Água Mineral Botão de Flor.

— Quão abrangente o senhor quer que seja essa ordem?

— Ela deve estabelecer que a acusação não pode mencionar o nome de um morto nem uma morte específica enquanto estivermos escolhendo os membros do júri, tampouco durante as declarações iniciais. Além disso, antes de apresentar qualquer evidência de qualquer outra morte referente ao caso, será necessário comprovar perante o tribunal, e longe dos olhos do júri, a relação de causa e efeito entre a morte em questão e o consumo da água engarrafada pela empresa do acusado.

— Qual é a posição da acusação, Sr. Maximiliano? — perguntou o juiz, tirando os óculos e colocando o ofício do processo sobre a mesa.

— O senhor está no caminho certo, senhor juiz. O processo que acabou de colocar sobre a mesa é o documento com as normas do processo. Ele diz que o Sr. Min é acusado de vinte e dois homicídios que resultaram do fato de ele ter fornecido às vítimas água contaminada com arsênico. Esse é o ponto processual.

O juiz ergueu uma sobrancelha.

— Mesmo sem a prova que o Sr. Morrison alega ser necessária para estabelecer a relação entre as vinte e duas mortes por envenenamento e a água mineral do acusado?

— Nós já provamos ao Grande Júri que todas as vítimas beberam a água mineral do acusado e que por isso estão mortas.

— E a causa imediata? — perguntou Morrison. — Provar que uma ação foi a causa de outra é uma exigência legal nesse estágio do processo.

— Se a acusação não conseguir provar a causa imediata, então o acusado se livra dessa acusação em particular — disse Giuseppe.

— Pois é. — Morrison deu uma risada, cínico. — Depois de ter sido acusado de matar todos os velhinhos de Chinatown.

O juiz passou a mão pelo cabelo.

— Está bem, já ouvi o suficiente. A matéria ficará sob apreciação. Vou tomar uma decisão antes de os senhores começarem a escolher o júri. Almocem e voltem aqui às dez para as duas.

* * *

Giuseppe deixou de lado o sanduíche comido pela metade e o código penal que estava lendo e encarou Samuel e Bernardi.

— O filho da puta tem razão. Se a gente conseguir a condenação pelos vinte e dois homicídios, os advogados de Min poderão apelar e reverter o caso, porque o Grande Júri exagerou e acusou o réu de todas as mortes, quando de fato não havia provas suficientes. Os restos da cremação de vinte e uma vítimas não têm indícios comprobatórios de envenenamento por arsênico.

— Quem levou o caso ao Grande Júri? — quis saber Samuel.

— O procurador. Ele estava muito puto por Conklin ter se safado e, convenhamos, o homem sabe como conseguir uma manchete de jornal. Um figurão chinês estava lesando a população, então o procurador achou que podia pegar ele de jeito e ainda sugerir, nas entrelinhas, claro, que a comunidade branca poderia ter sido a próxima vítima se o empresário não fosse detido. Ele queria aproveitar a oportunidade e passar a impressão de que estava fazendo tudo pelo bem da saúde pública.

— E ele não considerou a possibilidade de o homem contratar os melhores advogados de defesa? — perguntou Bernardi.

— Sim, mas vocês viram as manchetes dos jornais. "Milionário chinês é acusado de vinte e duas mortes." Ele não estava nem aí, porque sabia que teria a opinião pública a seu lado.

— Quando li o jornal, achei meio irônico — disse Samuel. — Nunca ouvi falar de ninguém que tenha sido despedido por fazer uma reportagem denunciando um empresário chinês.

— O dono do jornal ia botar os advogados para fora da sala sem sequer pestanejar — disse Giuseppe, sorrindo. — Mas, com os brancos, são dois pesos, duas medidas. Você descobriu isso do jeito mais difícil.

— No fim das contas, parece que a grana chinesa é tão boa quanto a dos brancos — disse Samuel.

— Ainda é cedo para falar isso. Min Fu-Hok ainda não se safou. Se querem saber minha opinião como profissional, ele vai pegar pelo menos uma condenação por homicídio culposo e passar um tempinho na cadeia. E provavelmente receberá uma multa também.

— Alguma chance de ele se safar? — quis saber Bernardi.

— Eu ia responder que não, mas você conhece aquele velho ditado. — Giuseppe deu uma risada. — Só nunca perdeu quem nunca jogou. — Ele então se levantou e jogou o resto do sanduíche no lixo.

Mais tarde, Giuseppe explicou a Samuel o que aconteceu depois que os advogados e o escrivão voltaram ao gabinete do juiz pouco antes das duas horas da tarde. Antes de se dirigir ao grupo ali reunido, o juiz Peterson, já de toga, tirou os óculos e os colocou sobre a pilha de processos que tomava sua mesa. Giuseppe notou que havia uma cópia do código penal aberta na mesa.

— O Sr. Morrison tem razão — anunciou o juiz. — Temos uma acusação aqui, mas ela está baseada em evidências bem frágeis. O senhor não conseguiria passar nem pelas considerações iniciais, Sr. Maximiliano. Então minha decisão é que não pode mencionar os vinte e um mortos cremados quando estiver apresentando o processo. E, se o senhor quiser mesmo tentar provar que alguma dessas vítimas foi morta por ter bebido água da Botão de Flor, então teremos que fazer uma audiência sem o júri para vermos se a acusação consegue sustentar seu caso *prima facie*. Minha decisão está bem clara para ambas as partes?

— Sim, senhor — disse Morrison, sorrindo.

— Sim, senhor — respondeu Giuseppe, furioso. — Isso quer dizer que podemos avançar em apenas uma das mortes.

— Melhor do que nada, não é mesmo? — comentou o juiz, sorrindo.

— Mais vale um pássaro na mão que dois voando, né? — disse Giuseppe, dando de ombros.

— Mais vale um pássaro na mão que dois voando — concordou o juiz. — Agora, vamos ao trabalho.

Todos se levantaram e saíram do gabinete do juiz em direção à sala de audiências. Giuseppe balançou a cabeça negativamente para Samuel e Bernardi, que estavam sentados na primeira fileira, junto com a família Chang, do lado esquerdo da sala. Eles fecharam a cara, e Samuel se inclinou para sussurrar algo no ouvido de Bernardi.

O juiz se acomodou na cadeira, e o auxiliar de justiça anunciou o caso. O acusado entrou na sala com um dos assistentes do Sr. Morrison. Era um chinês de altura mediana, cabelos pretos e bigode. O terno azul-marinho bem-cortado e a gravata de seda cara indicavam que era um homem rico. Ele se sentou à mesa dos advogados, ao lado de James Morrison.

— Senhores, está na hora de começarmos a escolher o júri. Conforme determinei, a acusação terá trinta candidatos, assim como os réus, ou seja, o Sr. Min Fu-Hok e a Companhia de Água Mineral Botão de Flor.

— Espere um pouco, senhor juiz — disse Morrison já se levantando, claramente agitado. — Nós temos dois réus.

— Seus réus têm uniformidade de interesses — declarou o juiz, interrompendo o advogado. — O código só estipula o que já estou oferecendo ao senhor. Meirinho, por favor, queira chamar os primeiros doze jurados.

— Antes de começarmos, posso me aproximar? — pediu o Sr. Morrison, ainda agitado.

— Não é para falar do mesmo assunto, é?

— Não, senhor.

— Tudo bem, então pode se aproximar.

Os advogados se encontraram diante do juiz e começaram uma discussão exaltada.

— Temos uma solicitação para que todas as testemunhas sejam retiradas do tribunal até que prestem depoimento — disse Morrison. — Mas, apesar disso, estamos vendo o tenente Bernardi e a família Chang na primeira fileira.

— O senhor tem intenção de convocar algum deles como testemunha, Sr. Maximiliano? — perguntou o juiz.

— A família, sim, com certeza, mas ainda não decidi quanto a Bernardi. Há outras testemunhas da acusação que também tiveram contato com as provas.

— Se alguma dessas pessoas ficar dentro da sala de audiências, o senhor não poderá convocá-la — disse o juiz.

Ao ser informado da ordem do juiz, Bernardi fez um gesto para a família Chang, e eles saíram do recinto, deixando Samuel sozinho. Depois ele poderia contar a todos o que aconteceu.

* * *

Foram necessários três dias para escolher os doze membros do júri. Segundo a lei, o juiz tem o direito de vetar qualquer um dos jurados, caso achasse que este não seria justo ou imparcial. Assim, ele dispensou muitas pessoas que haviam admitido não gostar de chineses ou até mesmo da comida e da cultura chinesas. Isso ajudou os advogados de defesa, pois não precisaram fazer uso de objeções, o que teriam de fazer se não fosse a intervenção do juiz. O magistrado também dispensou os candidatos que disseram odiar os ricos, alegando que seria impossível para eles tratar o réu com justiça.

Ironicamente, Giuseppe foi obrigado a fazer objeções a muitos italianos de North Beach, pois eles admitiram que tinham boas relações de trabalho com parceiros chineses e que se identificavam com qualquer pessoa que tivesse enriquecido por causa do comércio, independentemente de sua nacionalidade.

No fim, o júri escolhido era formado por oito homens e quatro mulheres, todos brancos. Giuseppe comentou com Samuel que conseguira a maior variedade possível dentro da comunidade branca de São Francisco. Ele queria americanos de origem chinesa no júri, mas os advogados de defesa usaram todas as objeções a que tinham direito para deixá-los de fora.

Toda vez que os advogados de defesa faziam objeção a um possível jurado de origem chinesa, Samuel ouvia um murmúrio irritado entre os muitos espectadores chineses, embora eles expressassem seu descontentamento bem baixinho e o juiz nunca tivesse que bater o martelo para pedir ordem e silêncio no tribunal.

Samuel também não estava gostando nada daquilo e, depois que a sessão foi encerrada, conversou com Bernardi e Giuseppe.

— Está na cara o que aqueles desgraçados estão fazendo — disse Samuel. — O réu tem direito de ser ouvido por um júri formado por seus iguais. E não é isso que está acontecendo aqui. Qualquer pessoa que tenha uma leve inclinação a não gostar de empresários é excluída, ou porque simplesmente admite isso ou porque se vê obrigada a responder uma pergunta que acaba comprometendo-a.

— O que você está achando? — perguntou Bernardi a Giuseppe.

— Não está muito bom, mas é melhor que nada — foi tudo o que disse o advogado. — O júri não é o maior problema.

* * *

No primeiro dia de julgamento, tudo correu como esperado. Giuseppe apresentou suas considerações iniciais, garantindo que a acusação provaria que a água engarrafada pela Companhia de Água Mineral Botão de Flor estava contaminada com arsênico, que o dono tinha dito a seus funcionários onde pegar a água e que ele jamais havia se preocupado em verificar a qualidade dela. Depois de engarrafá-la, continuou o advogado de acusação, ele vendia a água contaminada, e a Sra. Chow morreu porque a havia bebido.

O advogado de defesa argumentou que a morte da Sra. Chow fora um incidente infeliz que se devia, no máximo, a simples negligência, e não a uma conduta criminosa. Além disso, o acusado Min Fu-Hok era pessoalmente inocente de qualquer delito.

A acusação então apresentou as provas prometidas nas considerações iniciais. Jack Bruschet, da Procuradoria-Geral do Estado da Califórnia, descreveu a cena que tinha visto ao chegar à Companhia de Água Mineral Botão de Flor com um mandado de interdição e citou os nomes dos funcionários que foram encontrados atrás dos tanques com a ajuda de Melody Song, que servira como tradutora.

Philip Macintosh apresentou uma análise da grande concentração de arsênico encontrada na água das garrafas e nos três tanques da empresa. Também testemunhou que essa água era compatível com as amostras tiradas do rio do parque estadual Fort Ross.

O médico-legista confirmou que a morte da Sra. Chow tinha sido causada pela ingestão da água contaminada com arsênico que vinha das garrafas da Botão de Flor encontradas no apartamento da família Chang.

Em seguida, muitos funcionários da Botão de Flor atestaram que haviam tirado água do rio do parque estadual Fort Ross, seguindo instruções do dono da empresa, Min Fu-Hok. Todos afirmaram que o dono lhes dissera que, caso fossem pegos, deveriam explicar que a água seria utilizada na irrigação de plantações.

O próximo a falar foi Huang Wang, encarregado das operações da Botão de Flor, que compareceu ao tribunal sob o código 776 como testemunha hostil. Ele era baixo e estava ligeiramente acima do peso, tinha cabelos escuros e encaracolados e o rosto coberto de marcas de varíola. Depois de a testemunha, que só falava chinês, fazer seu juramento com a ajuda de um tradutor, Giuseppe começou a lhe fazer perguntas. Mas, depois de falar seu nome, local de nascimento e nacionalidade, a testemunha invocou os direitos garantidos pela Quinta Emenda da Constituição dos Estados Unidos e se recusou a responder a qualquer outra pergunta.

Giuseppe se animou com a atitude da testemunha, pois indicava que os réus tinham algo a esconder.

As últimas testemunhas chamadas pela acusação foram o Sr. e a Sra. Chang. Eles relataram ao júri as circunstâncias da morte da Sra. Chow, e a Sra. Chang explicou como cuidava com todo carinho da mãe e como ela era uma pessoa muito querida para a família. Durante seu depoimento, muitos jurados tiveram de enxugar as lágrimas, usando lenços fornecidos pelo meirinho.

Depois do depoimento da Sra. Chang, a acusação encerrou sua parte.

A abordagem dos advogados de defesa foi surpreendente. A primeira testemunha foi o advogado da empresa. Ele confirmou que havia cuidado dos papéis para a abertura da empresa cinco anos atrás. Os documentos e estatutos mostravam que havia três diretores. De acordo com seu testemunho, as mesmas pessoas listadas nos documentos originais ainda estavam no conselho e na administração da companhia. Mais tarde, elas depuseram e confirmaram os fatos.

Os advogados de defesa apresentaram uma série de atas de várias reuniões da empresa, as quais comprovavam que o conselho de diretores, composto por três importantes homens de negócios de Chinatown, se encontrava a cada três meses, desde a data da fundação da empresa até os dias atuais. Nessas atas estava disposto que todo e qualquer ato do presidente Min Fu-Hok realizado no curso ordinário de suas atribuições — as quais incluíam retirar água de qualquer fonte disponível — seria automaticamente ratificado pelo conselho de diretores.

Conforme prometido pelos advogados de Min, a defesa demorou apenas dois dias. O próprio Min não fez nenhuma declaração, como era seu direito. Ele podia permanecer em silêncio e assim ficou, mas seus advogados pintaram a figura de um executivo que estava bem distante das atividades centrais da empresa. Depois desses depoimentos, a defesa encerrou sua parte.

O juiz voltou-se aos integrantes do júri.

— Como ambos os lados já concluíram suas disposições, vou dispensá-los até amanhã de manhã. Será o momento de defesa e acusação apresentarem suas considerações finais. E esperamos deixar esse caso em suas mãos amanhã à tarde.

Então o juiz relembrou as regras aos jurados.

— Não se esqueçam de que os senhores não devem falar com ninguém a respeito do caso até se recolherem à sala do júri, depois que eu passar aos senhores as instruções sobre a aplicação da lei neste processo.

O júri deixou a sala, e o juiz então se voltou para os advogados.

— Quero falar com os senhores em meu gabinete depois do almoço, para repassarmos as instruções.

Durante o almoço no escritório de Bernardi, Samuel quis saber de Giuseppe quais serão as táticas dos advogados de defesa.

— O que você acha que Morrison quer?

— É bem óbvio. Ele vai alegar que a empresa é responsável, mas que a pessoa física, não. É por isso que apresentou todas aquelas atas.

— Você acha que o júri vai cair nessa? — quis saber Bernardi.

— Depende das instruções que Morrison vai convencer o juiz a dar.

— E como o juiz se comportou? — perguntou Bernardi.

— Da perspectiva de um leigo, eu diria que ele está sendo um juiz de verdade — disse Samuel.

Giuseppe deu uma risada.

— Concordo. Até agora, ele foi correto em todas as suas decisões. Vamos ver como vai ser com as instruções.

* * *

Samuel e Giuseppe se encontraram mais uma vez no fim do dia, quando Giuseppe passou ao jornalista a transcrição do escrivão sobre o que havia acontecido na reunião dos advogados no gabinete do juiz naquela tarde. Ele explicou que as partes se desentenderam com relação às instruções que deveriam ser passadas ao júri.

Samuel começou a ler a transcrição, curioso para saber o que tinha acontecido, e Giuseppe foi acrescentando mais detalhes sempre que necessário. A primeira coisa que Samuel leu foi o relato de como o juiz interveio para acabar com as querelas entre as partes:

— Os senhores estão agindo feito moleques. Vamos repassar tudo isso de forma ordenada. A primeira questão que temos de responder é se deve haver uma explicação sobre o que é homicídio simples e homicídio qualificado. Tenho certeza de que nenhum dos senhores considera apropriado enquadrar o caso nessas categorias, então não vou passar nenhuma instrução sobre isso. Vamos tratar de homicídio culposo ou doloso. Sr. Morrison, o que acha?

— Acho que ambas as acusações se aplicam à Companhia de Água Mineral Botão de Flor, mas nenhuma deve ser aplicada ao nosso cliente, o Sr. Min Fu-Hok.

— Isso é um absurdo, senhor juiz! — interrompeu Giuseppe. — Não tem como dissociar o Sr. Min desse crime. Ele e a empresa têm que ser enforcados na mesma corda, como dizem por aí.

— Vamos ouvir o que o Sr. Morrison tem a dizer — rebateu o juiz. — Conclua seu raciocínio, Sr. Morrison.

— É muito simples, meritíssimo. O Sr. Min era apenas um agente da companhia. Todos os seus atos foram executados em nome da empresa e com a ratificação do conselho de diretores. Ele não pode ser culpado de nada. Aquelas atas deixam isso muitíssimo claro.

— O que o senhor tem a dizer sobre esse argumento, Sr. Maximiliano? — perguntou o juiz.

— É um argumento que pode ir por água abaixo, senhor juiz, com o perdão do trocadilho. Min mandou seus funcionários para Fort Ross para não ter que pagar pela água limpa e nunca se preocupou em analisar a água do rio para saber se era própria para consumo. Isso caracteriza conduta imprudente, e o júri deve ser autorizado a avaliá-la. O argumento do Sr. Morrison se aplica aos trabalhadores assalariados da companhia, que estavam apenas seguindo as ordens de Min. Não faz o menor sentido dizer que Min não pode ser acusado porque a empresa ratificava seus atos. Isso só indica que a empresa também tem culpa.

— Qual é o propósito de se formar uma corporação? — perguntou Morrison, retoricamente. — É limitar as responsabilidades. Foi isso o que aconteceu aqui. O Sr. Min deve ser resguardado porque estava agindo dentro de suas atribuições na companhia. Não pode ser culpado por isso. Não é o que assegura a lei.

— Eu repito, senhor juiz, os funcionários devem ser resguardados, mas ele, não — rebateu Giuseppe. — A ideia de limitação de responsabilidades em uma corporação é um conceito do direito civil. Não pode ser aplicado em um processo criminal. Se fosse assim, haveria um monte de criminosos por aí, massacrando o povo, mais impunes do que já estão. Foi Min quem bolou o esquema. Se um dos seus funcionários tivesse morrido por beber água envenenada, Min seria responsabilizado por danos civis, mesmo que nessas circunstâncias a compensação trabalhista fosse, em teoria, o único direito do funcionário.

Morrison respondeu que, mesmo se Min fosse considerado culpado de negligência grave, isso não seria suficiente para condená-lo por homicídio. E alegou que, embora isso significasse que o réu poderia ser processado na esfera civil, o caso em questão estava correndo no sistema criminal.

— Vamos deixar que o júri decida o destino dele — disse Giuseppe.

Enquanto Samuel passava os olhos pela transcrição, Giuseppe explicou que o juiz tinha dito aos advogados que prosseguissem com o restante das instruções, pois só depois disso ele tomaria uma decisão sobre o assunto.

De acordo com a transcrição, o grupo voltou a esse tópico polêmico depois de um breve intervalo.

— Acho que o Sr. Maximiliano tem razão — afirmou o juiz. — A ideia de o representante de uma corporação ser isento de suas responsabilidades é um conceito do direito civil. Não se aplica, ou não deveria se aplicar, a procedimentos criminais. Se eu estiver errado e ele for condenado, a corte de apelação vai nos corrigir.

Então não vou passar adiante sua instrução, Sr. Morrison. Resolvemos todas as pendências?

Enquanto o advogado da acusação respondia que sim, o de defesa respondeu que precisava rever as opções de seu cliente. De acordo com Giuseppe, ele saiu do gabinete pisando forte, seguido por seus assistentes.

— As considerações finais começam às dez — gritou o juiz às suas costas, antes de a porta bater. — Cada parte terá duas horas.

* * *

Às dez horas da manhã do dia seguinte, o meirinho pediu ordem no tribunal. A sala de audiências estava lotada, não apenas com a família Chang, mas também com parentes das outras vítimas que haviam morrido depois de beber a água que todos acreditavam ter sido contaminada com arsênico. Samuel e Dentuça estavam sentados na primeira fileira.

Morrison se levantou.

— Meritíssimo, a defesa tem uma solicitação. Podemos falar sem a presença do júri?

— Certamente — respondeu o juiz. — Senhoras e senhores do júri, precisamos conversar com os advogados. Só vai levar alguns minutos. O meirinho vai acompanhá-los até a sala do júri.

Quando eles saíram, o juiz se voltou para o advogado de defesa.

— Prossiga, Sr. Morrison.

— À luz de sua decisão de negar nosso pedido de instrução a respeito dos atos de nosso cliente, solicitamos a reabertura da defesa e a reapresentação de provas.

Giuseppe ficou de pé.

— Protesto, meritíssimo. Os advogados de defesa deram sua argumentação por encerrada e sequer alegam ter novas provas. Eles apostaram em uma linha de pensamento e perderam.

— O que o senhor tem a dizer, Sr. Morrison?

— Francamente, não esperávamos que essa seria sua decisão. Caso contrário, teríamos apresentado mais provas.

— Creio que o Sr. Maximiliano tem razão. Os senhores não descobriram nada novo nas últimas doze horas, correto?

— Correto, meritíssimo. Não estamos alegando isso.

— Então sua solicitação será negada. Oficial, traga o júri de volta. Senhores, chegou a hora das considerações finais. Como eu disse ontem à tarde, cada lado terá duas horas. A acusação vai falar primeiro, depois a defesa. E, é claro, a acusação tem a palavra final. Depois que ambas as partes tiverem terminado, passarei as instruções legais aos membros do júri, para que eles possam começar suas deliberações.

Os jurados voltaram e ocuparam seus assentos na lateral da sala de audiências. Giuseppe levantou-se e, mais uma vez, apresentou as provas, lembrando ao júri que ele havia provado tudo o que prometera em suas considerações iniciais.

A defesa alegou que, embora a empresa certamente fosse culpada, Min Fu-Hok era inocente. E repetiu o mesmo argumento que fora apresentado ao juiz na tarde anterior, reiterando que Min era simplesmente um agente da companhia. Em vez do dono, a corporação é que deveria ser condenada por homicídio culposo, pois seus funcionários haviam usado água contaminada com arsênico para encher garrafas de água mineral, fato que ocasionara a morte da Sra. Chow.

Quando Giuseppe fez sua tréplica, ele ridicularizou a posição de Morrison, argumentando que tanto a corporação quanto o dono, Min Fu-Hok, deveriam ser condenados por homicídio doloso. Disse que Min, interessado apenas em obter lucros, havia ignorado as mais básicas recomendações de segurança para o tratamento de água. Giuseppe alegou que tanto Min quanto a companhia deveriam ser condenados pelo mais grave dos crimes, acrescentando que o desrespeito temerário pela saúde pública era a verdadeira causa da morte da Sra. Chow.

Quando os advogados terminaram suas considerações, o juiz passou as instruções ao júri, e, então, seus membros saíram para deliberar na sala ao lado.

Os jurados ficaram reunidos por apenas duas horas, um fato que gerou murmúrios especulativos no tribunal enquanto a plateia tomava seus lugares. Quando o júri entrou e se sentou, os espectadores mais experientes notaram um homem de meia-idade com uma folha de papel nas mãos, sinal de que ele fora escolhido como representante.

Assim que todos tomaram seus lugares, o juiz, sentado em sua cadeira, tossiu para limpar a garganta e perguntou:

— O júri chegou a um veredito?

O representante disse que sim. O meirinho então foi até o banco do júri e pegou a folha de papel branco, a qual passou para o juiz. Depois de lê-la, o juiz a devolveu ao meirinho, que anunciou o veredito.

— Nós, membros do júri do caso acima intitulado, declaramos o réu Min Fu-Hok culpado de homicídio culposo.

A plateia irrompeu em um burburinho acalorado, claramente a favor do veredito, e o juiz teve de bater o martelo.

— Ordem no tribunal! Estamos no meio de um procedimento judicial.

O réu estava com um olhar vazio, o rosto paralisado. O advogado de defesa baixou a cabeça.

O meirinho continuou a ler.

— Nós, membros do júri do caso acima intitulado, declaramos a Companhia de Água Mineral Botão de Flor culpada por homicídio culposo.

Houve ainda mais murmúrios entre os espectadores, porém, desta vez não o suficiente para fazer o juiz bater o martelo pedindo ordem.

— É esse o veredito? — perguntou ele ao júri.

— Sim, meritíssimo — respondeu o representante.

— Nós gostaríamos de apurar os votos do júri, meritíssimo — disse Morrison. Os veredituos de processos criminais tinham de ser unânimes. Bastava um jurado dizer que discordava do resultado, e a defesa já teria fundamentação para anular o julgamento.

— Muito bem — concordou o juiz. — Meirinho, por favor, queira apurar os votos do júri.

Armado com uma caneta e um formulário amarelo, o meirinho perguntou a cada um dos jurados se concordava com o veredito. Todos responderam que sim.

O juiz tirou os óculos e se voltou aos membros do júri.

— Senhoras e senhores do júri, estão dispensados. O juramento de silêncio que foram obrigados a cumprir durante esse julgamento está encerrado, e os senhores podem discutir o caso com quem quiserem. A cidade de São Francisco agradece seus serviços.

Samuel e Dentuça correram até Giuseppe, e Samuel apertou a mão do advogado.

— Excelente trabalho. Min e sua empresa tiveram o que mereceram. Bernardi vai ficar muito feliz quando souber. Mais um bandido na cadeia. Eu queria tanto ter meu espaço no jornal para escrever sobre isso

— Isso vai acontecer logo, logo, Sr. Hamilton — disse Dentuça. — Talvez quando as pessoas souberem deste caso.

Samuel balançou a cabeça, triste.

— Talvez.

O juiz bateu o martelo.

— Um pouco de ordem, por gentileza! O réu queira se levantar. Sr. Min Fu-Hok, o senhor foi condenado. Será levado sob custódia e ficará preso até a data da sentença. Meirinho, por favor, queira nos informar a data.

— Meritíssimo, gostaria de dizer uma coisa — interrompeu Morrison. — O réu não tem antecedentes criminais. Solicitamos que ele pague fiança e permaneça livre até a data da sentença.

— Quanto é a fiança? — perguntou o juiz.

— Dez mil dólares.

— A acusação protesta, meritíssimo. O Sr. Min foi declarado culpado de um crime grave. Além disso, ele tem nacionalidade chinesa e, portanto, há o risco de fuga. Ele tem de ser preso sem direito a fiança.

— Para onde ele vai fugir? — indagou Morrison. — Para a China comunista? Duvido.

— Algo mais a acrescentar sobre esse assunto, Sr. Maximiliano?

— Não, meritíssimo.

— A fiança será aumentada para cem mil dólares.

— Obrigado, meritíssimo — disse Morrison, com um sorriso arrogante. — Faremos o depósito agora mesmo.

11

O cão de caça que existe em você

Samuel estava sentado diante de Jim Abernathy no espaçoso escritório do chefe.

— Teve sorte na busca por esse tal Poliscarpio? — quis saber Abernathy.

— Ainda não, mas tenho uma pista. Um contato na seguradora contra acidentes de trabalho — disse Samuel. — A mulher com quem falei disse que vai me dar mais notícias na segunda-feira. Infelizmente, o contador de Conklin sumiu com os registros da empresa, o que dificulta a busca pelos documentos.

— Achei que era eu quem ia arrumar contatos para você. Como chegou a essa pessoa?

Samuel deu uma risada.

— Ser repórter tem suas vantagens. E eu uso todas elas para conseguir informação.

Abernathy riu e bebeu um gole de café.

— Tiro meu chapéu para você, Samuel. Mais alguma coisa digna de interesse no nosso caso?

— Descobri dois empregados da Conklin Chemicals que ficaram estéreis. Exames médicos comprovaram isso. Passei o nome deles para Bernardi, e tenho um amigo que pode ajudá-los. É o advogado para quem a namorada de Bernardi, Marisol, trabalha. Os empregados também podem fornecer provas de que Poliscarpio os mandava trabalhar sem equipamentos de segurança. Infelizmente, eles não podem incriminar Conklin, porque nunca o viram.

* * *

Na segunda-feira de manhã, Samuel começou sua busca assim que atenderam o telefone na sede da companhia de seguros contra acidentes de trabalho.

— Alô, Carol, aqui é o seu velho amigo Samuel. Lembra? Sou o cara que tem um maldito pesar, que um dia nasci para consertar. Alguma novidade?

— Ah, sim, o famoso repórter e poeta. Estou fazendo umas horas extras por sua causa. Se der resultado, você vai ficar me devendo uma.

— Eu sempre pago minhas dívidas — prometeu Samuel e deu uma risada.

— Sinto dizer, mas seu amigo Sambaguita Poliscarpio, se é mesmo assim que se pronuncia o nome dele, não aparece em nenhum lugar. Verifiquei todas as contas de pacientes e todas as entradas em hospitais sob o nome da Conklin Chemicals e nada. Fora o traslado de ambulância até o Hospital Geral de São Francisco, coisa de que você já sabia, não há nenhum registro sobre esse cara em nossos arquivos.

— Que merda! Isso não parece nada promissor.

— Mas encontrei uma coisa meio suspeita — disse Carol, estalando o chiclete que mascava.

— O quê?

— A Conklin Chemicals faz um pagamento todo mês a uma clínica de repouso, mas não é para Sambaguita Poliscarpio. É para Pedro Rivas. Isso ajuda?

— Espere aí. — Samuel tirou do bolso uma lista com os nomes dos funcionários de Conklin. Não havia nenhum Pedro Rivas. — Para onde vai o pagamento?

Ela passou o endereço da clínica de repouso Céu da Manhã, em Stockton, Califórnia. Depois de garantir que voltaria a telefonar, Samuel agradeceu e encerrou a ligação.

Ele foi direto para o escritório de Bernardi. As janelas de alumínio estavam abertas, e o som do trânsito pesado na avenida ali perto invadia a sala. Samuel jogou o bloquinho de anotações em cima da mesa e apontou para a página aberta.

— Acabaram de me passar o endereço de uma clínica de repouso que recebe cheques todo mês da companhia de seguros contra acidentes de trabalho da Conklin Chemicals para custear o tratamento de um funcionário que não existe. Mas, para saber se é mesmo Poliscarpio, temos que ir até Stockton.

— Precisamos ver isso agora mesmo — disse Bernardi. — Como está sua agenda para o resto do dia?

— Minha agenda? Você deve estar de brincadeira. Vamos agora. Devemos levar umas duas horas e meia para chegar lá. Se tivermos sorte, podemos pegar um depoimento dele, ou você pode prendê-lo.

— Não posso prendê-lo porque ele não foi acusado de nada, mas posso colocá-lo sob custódia como testemunha-chave. Vou checar com a procuradoria. Nesse caso, vamos ter que arrumar um mandado expedido pelo condado de Stanislaus, e um policial de lá terá que nos acompanhar. Ou seja, só poderemos partir amanhã, bem cedo.

* * *

A clínica de repouso Céu da Manhã ocupava um casarão de estuque alaranjado, coberto com telhas de argila. O estacionamento asfaltado tinha espaço para uns cinquenta carros. Bernardi, Samuel e um representante do xerife apareceram com um mandado para Sambaguita Poliscarpio, testemunha-chave.

A clínica de repouso não tinha nenhum registro com o nome de Sambaguita Poliscarpio, e o diretor pediu que eles fossem embora. Porém, o representante do xerife mostrou a ele a ordem judicial, antes de ordenar uma busca completa pelas instalações.

Bastaram alguns segundos para o diretor entender quais seriam as consequências caso continuasse atrapalhando as buscas, e ele logo começou a cooperar.

— Precisamos que o senhor nos leve ao quarto de um filipino de bigode que está bem mal de saúde — disse o policial. — Mesmo que o senhor insista em dizer que ele não está aqui e nunca esteve.

— Soubemos que ele chegou aqui com o nome de Pedro Rivas — acrescentou Bernardi.

O diretor da clínica olhou ao redor e baixou a voz.

— Posso dar uma declaração confidencial?

— É claro que sim — mentiu Bernardi.

— O homem chamado Pedro Rivas não está mais aqui. Mas acho que posso ajudá-los. — Ele pegou o telefone e discou um número. — Peça a Angelina que venha à minha sala — vociferou.

Depois de alguns minutos, uma mexicana pequena e muito atraente, vestida com uniforme de enfermeira, entrou na sala.

— Esta é Angelina — apresentou o diretor. — Ela pode passar algumas informações. — E então se voltou para a mulher, falando em espanhol. — Você precisa conversar com esses homens. Eles são da polícia.

Ela parecia assustada.

— Não vamos machucá-la nem prendê-la — garantiu Bernardi —, mas precisamos de informações sobre o paradeiro de Sambaguita Poliscarpio. Você sabe onde ele está?

Angelina encarou o chefe, confusa.

— Se você sabe de alguma coisa, tem que contar a eles — disse o diretor.

— Mas eu prometi que não ia falar nada — protestou ela, falando um inglês ruim.

— Somos do Departamento de Polícia de São Francisco — disse Bernardi. — É muito importante encontrarmos esse homem e falarmos com ele. Ele foi testemunha de um crime.

O diretor falou com ela mais uma vez em espanhol, e o rosto da mexicana foi tomado pelo medo.

— O que o senhor disse a ela? — quis saber Samuel.

— Disse que, se ela não falar, a polícia vai levá-la e deixá-la na prisão até cooperar.

— Isso não é exatamente a verdade, mas eu não me oponho. Diga para ela começar a falar — insistiu Bernardi.

O diretor voltou a dar instruções em espanhol.

— O que o senhor disse agora?

— Disse que vocês estão falando sério e que ela tem que contar o que sabe.

Angelina respondeu em espanhol, bem rápido.

— Esse homem esteve aqui até duas semanas atrás — traduziu o diretor. — Ele está muito doente. Tem muita dificuldade de respirar. Precisa receber oxigênio para viver.

— O que aconteceu com ele? — perguntou Samuel.

— Dois homens vieram à noite, durante o turno dela, e o pegaram — respondeu o diretor da casa de repouso. — Não disseram para onde o estavam levando. Angelina ficou muito próxima dele, ficava com o paciente à noite, quando ele mais precisava. Ele mandou um bilhete com seu novo endereço e pediu a ela que encaminhasse para lá as correspondências que chegassem em nome de Pedro Rivas ou... Não sei pronunciar o outro nome.

Angelina mostrou um pedaço de papel com o nome SAMBAGUITA POLISCARPIO, junto com o endereço de uma clínica chamada Topo da Montanha, que ficava do outro lado de Stockton.

* * *

A clínica Topo da Montanha, na verdade, era um conjunto de casas moduladas no meio do nada, com paredes pintadas em tons pastel para combinar com os campos de alcachofra. Samuel, Bernardi e o representante do xerife encontraram um homem que batia com a descrição de Sambaguita Poliscarpio na varanda de uma das casas, com um cilindro de oxigênio preso à sua cadeira de rodas. Os cabelos e o bigode pretos tinham alguns fios grisalhos, e ele estava magro e pálido. O policial afastou a enfermeira que cuidava dele.

— Estamos aqui para cumprir este mandado, Sr. Poliscarpio — disse ele.

— Me deixem em paz! — rebateu Poliscarpio, ofegante, esforçando-se para respirar.

— O senhor sabe demais — disse Bernardi. — Pode facilitar as coisas e contar tudo para nós, representantes da lei. O senhor pode nos ajudar. Mas, de qualquer modo, vai ter que falar o que sabe ao Grande Júri.

— E por que eu ajudaria vocês? — perguntou Poliscarpio, com uma voz rouca e quase inaudível.

Samuel contou a ele o que tinham descoberto na investigação, inclusive que Conklin sabia que as máscaras de oxigênio estavam vencidas.

— Conklin está jogando a culpa no senhor — mentiu ele —, dizendo que o senhor deu as máscaras para Carlos e Roberto.

O rosto pálido de Poliscarpio ficou vermelho de raiva.

— Roberto nos contou tudo, exceto como o senhor acabou todo fodido — continuou Samuel. — Aposto que o senhor não faria isso consigo mesmo.

Poliscarpio esforçava-se para respirar e falar ao mesmo tempo.

— Eles me avisaram que vocês estavam atrás de mim. Por isso me trouxeram para cá.

— Seu chefe sabe que o senhor está aqui? — perguntou Samuel.

— Com certeza — sussurrou ele. — Ele e o Sr. Spekenworth me trouxeram para cá, para vocês não me encontrarem.

— Quem é Spekenworth? — quis saber Samuel.

— É o detetive particular do Sr. Conklin, veio lá do leste. É ele que fica me mudando de lugar. Ele também me disse para ficar de bico fechado. Mas eu só quero acabar logo com isso. Estou muito doente.

Bernardi explicou que Poliscarpio, como testemunha-chave de um homicídio, tinha de voltar a São Francisco com eles e que, a partir daquele momento, ficaria sob a proteção do Departamento de Polícia. Seria levado para o Hospital Geral de São Francisco, onde receberia atendimento até ficar bem o suficiente para testemunhar no tribunal. Depois de ter a permissão de Poliscarpio, Bernardi gravou seu depoimento, que durou mais de duas horas. O homem teve que parar e descansar várias vezes, e, mesmo assim, dava para ouvir sua respiração ofegante na fita.

— O senhor parece exausto — disse Bernardi, desligando o gravador. — Está na hora de pegarmos a estrada. Não podemos colocar sua cadeira de rodas no meu carro, mas seu cilindro de oxigênio cabe tranquilamente, e eu prometo que vão cuidar muito bem do senhor no hospital.

— Vai ser um alívio — sussurrou Poliscarpio, enxugando uma lágrima da bochecha que era só pele e osso. — Estou cansado de viver escondido.

No caminho de volta a São Francisco, Samuel o encheu com mais perguntas, o gravador ligado. A testemunha foi respondendo até onde sua saúde permitia, e, quando chegaram ao hospital, Samuel e Bernardi sabiam mais detalhes do que havia acontecido naquele fatídico dia na Conklin Chemicals.

— Parece que você vai conseguir seu emprego de volta rapidinho — disse Bernardi a Samuel assim que deixaram Poliscarpio em segurança no hospital.

— Você acha que eu vou voltar a trabalhar para aqueles idiotas? — retrucou Samuel. — Assim que você levar as novidades ao Grande Júri e me der sua permissão, vou vender a história para o jornal vespertino e ver se eles me contratam em tempo integral.

* * *

Samuel, Abernathy e Melba estavam sentados em volta da Távola Redonda. Melba e Abernathy dividiam um Lucky Strike, e, depois de devolver o cigarro para ela, o irlandês ergueu o copo na direção do repórter.

— Você pegou aquele desgraçado, Samuel. — Ele tomou um gole. — Esta é para você.

— Lamento não ter descoberto mais nada por enquanto. Até agora, não temos nada provando que Conklin matou sua filha.

— Se foi ele quem fez isso, alguma coisa vai aparecer. Tenho um pressentimento.

Melba deu uma risada.

— Esse negócio de ter pressentimento é muito irlandês. Pode esperar sentado.

— Você pode usar outro nome para isso, mas acredita do mesmo jeito, meu bem — retrucou Abernathy.

Ignorando-o, Melba bebeu mais um pouco de cerveja e acendeu outro cigarro.

— Quando você começa no emprego novo? — perguntou ela a Samuel.

— A testemunha já prestou depoimento perante o Grande Júri, e eu tenho suas declarações gravadas, então não estou preso a nenhuma norma de confidencialidade — explicou Samuel. — Aqui está uma cópia da minha matéria. — Ele desdobrou um rascunho. — Pensei nessa manchete, mas, vocês sabem como é, o editor pode preferir algo mais chamativo.

Melba e Abernathy esticaram o pescoço para ler as letras garrafais.

Milionário é pego em flagrante
escondendo testemunha de crime

Abaixo da manchete vinha o relato de como Conklin havia sequestrado Sambaguita Poliscarpio. O artigo ocupava três colunas da primeira página do jornal vespertino, onde Samuel havia conseguido um emprego. Abernathy irradiava alegria enquanto o repórter lia os detalhes do artigo em voz alta para sua pequena plateia.

PARTE II

O sonho do Sr. Song

Às DEZ E MEIA da manhã, horário em que deveria começar a audiência, o juiz ainda não tinha ocupado seu assento. O tribunal estava lotado, não apenas com o bando de espectadores de dramas jurídicos que sempre marcava presença. Nesse dia, parecia que metade da população de Chinatown estava naquela sala, todos esperando para ouvir a sentença que o juiz Peterson imporia a Min Fu-Hok. Muitos deles trajavam roupas tradicionais de diferentes estilos, que refletiam seus lugares de origem por todo o sul da China. Outros usavam roupas ocidentais. O recinto reverberava os tons do dialeto cantonês.

O réu estava sentado com seu advogado, Morrison, enquanto Giuseppe, o procurador-assistente, ocupava sozinho a mesa que estava mais perto do júri. Enquanto o auxiliar de justiça mexia com a papelada, o meirinho lia o jornal, sentado ao lado da porta que dava para a sala onde se mantinham os presos.

Samuel e Dentuça tinham conseguido lugares na primeira fileira, logo atrás da mureta. Eles conversavam sobre o caso quando o meirinho deixou o jornal de lado, levantou-se, pediu ordem no tribunal e anunciou a chegada do juiz.

O juiz Peterson entrou pela porta nos fundos da sala, trazendo um arquivo imenso e dois volumes jurídicos. Ele subiu os degraus até sua cadeira, arrumou a toga e se sentou.

— Anuncie o caso — pediu ele ao meirinho.

— O povo do estado da Califórnia contra Min Fu-Hok.

O procurador-assistente se levantou.

— Giuseppe Maximiliano, pela acusação.

— James Morrison, pela defesa.

— Vejo que seu cliente está presente — disse o juiz. — Há algum motivo que impeça a sentença?

Min Fu-Hok, de terno cinza bem-passado e uma discreta gravata azul, levantou-se e disse ao juiz, com sotaque:

— Não, meritíssimo.

— Qual é a recomendação da acusação? — perguntou o juiz.

— Acreditamos que a pena máxima é a mais apropriada neste caso — recomendou Giuseppe. — Também é o que diz o relatório da liberdade condicional.

— A acusação entende que há alguma circunstância atenuante que justifique uma diminuição da sentença? — perguntou o juiz.

— Absolutamente nenhuma — respondeu Giuseppe, mexendo nos papéis soltos de um bloco de formulários a sua frente. — O Sr. Min demonstrou total desprezo com relação à saúde e à segurança de nossos cidadãos. Seu único interesse era enganar a população para ganhar mais dinheiro. Ele não demonstrou absolutamente nenhum arrependimento pelos danos que causou.

O juiz aquiesceu.

— Sr. Morrison, o que o senhor tem a dizer em nome de seu cliente?

O advogado de defesa se levantou devagar, demorando-se por alguns instantes para ajeitar a gravata. Ele colocou suas anotações de lado e olhou diretamente para o juiz.

— Aplicar pena máxima neste caso seria zombar da justiça, meritíssimo. Não faz o menor sentido prender este homem. Ao contrário do que diz o relatório da liberdade condicional, ele demonstrou arrependimento, sim, e também fez uma doação generosa para a expansão das instalações da Associação Cristã de Moços de Chinatown. À exceção desse infeliz acidente, o Sr. Min tem uma reputação ilibada junto à comunidade, como testemunham as inúmeras cartas citadas no relatório. Solicitamos que ele cumpra a pena em liberdade condicional, para que continue cuidando de seus negócios, os quais garantem empregos para seu povo e impostos para a cidade, o condado de São Francisco e o estado da Califórnia.

— Sr. Maximiliano? — perguntou o juiz.

— Uma solicitação notável, senhor juiz. Seria a primeira vez que um réu condenado por tantas evidências receberia liberdade condicional. Tudo neste caso foi feito por pura e simples ganância. Ele até tentou colocar a culpa em sua empresa, recusando qualquer responsabilidade pessoal pelo que fez.

— E a multa? Qual deve ser o valor?

— A acusação entende que deve ser, no mínimo, igual à fiança: cem mil dólares.

— Qual é a sua opinião, Sr. Morrison?

— Meu cliente considera que cem mil é uma quantia justa, desde que seja concedido a ele o benefício da liberdade condicional.

— Certo, senhores, vamos fazer um recesso de dez minutos.

Samuel olhou para o relógio, que marcava onze em ponto. O juiz reuniu os papéis e os livros jurídicos e saiu da sala de audiências pela mesma porta por que tinha entrado.

— O que você acha? — perguntou Samuel a Dentuça.

— Esse rato tem que ir para a cadeia. Dê uma olhada ao redor. Todas essas pessoas foram prejudicadas pelo que esse monstro fez. E o júri declarou que ele é culpado.

— Concordo. Agora vamos ver o que o juiz acha.

Dez minutos depois, a porta dos fundos da sala se abriu e o juiz reapareceu, com o arquivo em uma das mãos e os óculos na outra. Subiu os degraus até sua cadeira enquanto o meirinho pedia ordem no tribunal.

Depois de se acomodar em seu assento, o juiz colocou os óculos na mesa à sua frente.

— O réu está pronto?

— Sim, meritíssimo — respondeu Morrison.

— A acusação está pronta?

— Sim, meritíssimo — respondeu Giuseppe.

— Ouvi atentamente este caso e li o relatório de liberdade condicional. Escutei os argumentos de ambas as partes e passei muitas horas pensando no assunto. Portanto, a decisão da corte, muito bem pensada, é que se conceda ao réu Min Fu-Hok liberdade condicional por um período de cinco anos. Ele deve se reportar imediatamente ao agente de condicional responsável pelo caso e fornecer ao departamento toda e qualquer informação que seja requisitada. O departamento continuará de posse de seu passaporte durante o curso da condicional, então ele não poderá sair do país. Se, durante esse período, ele planejar participar de qualquer empreendimento que tenha a ver com distribuição de comida ou bebida à população, terá de solicitar e receber alvarás da cidade de São Francisco e do Departamento de Saúde do condado. Além disso, deve pagar imediatamente à corte uma multa no valor de cem mil dólares.

Fez-se um silêncio perplexo enquanto o juiz batia o martelo e deixava a sala de audiência. Min Fu-Hok sairia do tribunal como um homem livre. Giuseppe se virou e olhou para Samuel com cara de espanto. Dentuça começou a chorar. Samuel tentou consolá-la, mas de nada adiantava. Era como se a escuridão tivesse inundado o recinto. Aos poucos, conforme o choque inicial da sentença se dissipava, a plateia começou a se agitar, murmurando reprovações. Em alguns minutos, a descrença se transformou em indignação, e a indignação, em fúria.

Samuel puxou Dentuça para perto.

— O que eles estão falando?

— Eles não conseguem acreditar que isso aconteceu nos Estados Unidos da América. Dizem que vieram para este país atrás de justiça, e olhe só o que aconteceu. O bandido escapou. Não se sentem seguros.

Em poucos minutos, o choro e os berros ficaram tão altos que guardas foram chamados para controlar a situação. Cidadãos importantes de Chinatown abriam caminho em meio à multidão e pediam às pessoas que se acalmassem, alertando que, caso contrário, seriam tiradas dali. Com isso, a multidão começou a ir para o corredor, mas nem assim se acalmou.

— Nunca vi tantos chineses furiosos — disse Samuel.

Dentuça concordou.

— Eu sei. Vou pegar um táxi e contar ao Sr. Song o que aconteceu. Ele não vai ficar nem um pouco feliz.

— Eu gostaria de ir com você. Vou incluir a opinião dele em minha matéria.

— Meu palpite é que ele não vai ter nada a dizer hoje, mas espere um pouco. Duvido que ele vá ficar calado, sem fazer nada.

— Então você acha melhor deixá-lo em paz por enquanto?

— Acho que sim — respondeu ela. — Se ele disser alguma coisa, eu ligo para o senhor. Enquanto isso, vá escrevendo sua reportagem. Prometo que ele não vai deixar barato.

* * *

O telefone tocava sem parar na redação do jornal vespertino, o novo local de trabalho de Samuel. Quando Melody ligou — Samuel ficou surpreso ao se referir a ela pelo nome verdadeiro, não por Dentuça —, ele havia saído da sala para beber água e voltou correndo para atender ao telefone. A garota insistia que precisava encontrá-lo pessoalmente, então marcaram de se ver no Chop Suey do Louie.

Samuel enfiou o bloco de anotações no bolso do blazer, verificou se levava uma caneta e saiu para a Market Street, onde chamou um táxi.

Quando chegou ao restaurante, Melody o aguardava na calça-da. Em vez do uniforme escolar, ela vestia saia e blusa de seda. Samuel sorriu para a garota, e os dois entraram. A viúva de Louie estava no caixa; ao lado dele ficava um aquário novo, instalado depois da morte do proprietário. Samuel apontou para uma das mesas perto da janela e levantou dois dedos. Quando eles já estavam sentados, a viúva trouxe um bule de chá, duas xícaras e um cardápio.

— Você deve ter alguma coisa muito importante para me contar — disse Samuel.

— Tenho mesmo — retrucou ela. — Ontem, depois do tribunal, fui até a loja do meu tio e contei o que havia acontecido. Ele não falou nada, ficou só ouvindo. Hoje de manhã, ligou para a minha casa e pediu que eu fosse imediatamente à lojinha. Quando cheguei, ele não parecia calmo como sempre. Estava muito agitado. Ele me levou até o quartinho dos fundos, aquele onde o senhor foi hipnotizado para se livrar do vício do cigarro, e me contou que teve um sonho muito perturbador esta noite, e que queria me consultar a respeito do significado.

— Como foi o sonho?

— Ele me contou que estava tão perplexo com as notícias que precisou tomar um chá de ervas para dormir. Lá pelas quatro da manhã, ele acordou e viu o quarto cheio de uma coisa que parecia fumaça, um vapor branco. Disse que havia muito barulho e uma luz branca intensa, que permaneceu acesa por quase uma hora. Mas a nuvem se dissipou tão rápido quanto havia aparecido, como se tivesse sido sugada por um aspirador de pó. E o quarto ficou em silêncio completo. Só então meu tio abriu os olhos ou acordou, ele não tem certeza.

— O que você acha que era? — perguntou Samuel.

— Ele explicou que eram os espíritos dos mortos envenenados por Min Fu-Hok. Disse que eles o visitaram como uma massa de espíritos lamuriosos, todos tentando falar algo com sussurros angustiados. Estavam clamando por justiça. A justiça que foi negada a eles pelo tribunal.

— Foi um sonho muito impressionante — disse Samuel. — E um pedido muito difícil de ser realizado. O que ele pretende fazer?

— O senhor se esqueceu do juiz Dee? Ele pode formar um tribunal e julgar Min Fu-Hok. É uma maneira chinesa tradicional de fazer justiça para as vítimas.

Samuel ergueu uma sobrancelha.

— Entendo. Obviamente não haverá um segundo julgamento, mas isso não parece fazer justiça com as próprias mãos?

— Acho que depende do ponto de vista. É um conceito que remonta ao século VI. As pessoas confiam que o sistema oficial vai protegê-las, mas, quando isso não acontece, elas sentem que é importante encarregarem-se do assunto. Meu tio acha que o sonho representava os espíritos das vítimas clamando pela justiça que o sistema americano negou a elas.

— Você quer que eu publique tudo isso no jornal?

— Claro que não. Mas o Sr. Song e eu queremos que o senhor saiba que ele vai conduzir um processo em que as famílias das vítimas vão expor suas queixas contra o Sr. Min Fu-Hok. Se a comunidade chinesa declará-lo culpado, ele vai saber que não poderá se safar do que fez.

— E Min Fu-Hok vai ter direito a um advogado?

— Tem que ser um chinês que saiba como funciona o sistema do Sr. Song, mas não necessariamente um advogado.

— E tem alguém com esse perfil em Chinatown? — perguntou Samuel.

— Ah, sim. O costume é bem antigo, e há muitos sábios na comunidade que podem fazer o papel de advogado de defesa, se eles quiserem, claro.

— Por que não iriam querer?

— Por causa da gravidade dos crimes.

— E o que devo fazer com essa informação, se não posso publicá-la? Posso contar para Bernardi?

Ela fez uma careta.

— Não, ainda não. Por enquanto, isso fica entre nós e o Sr. Song. Ele quer que o senhor seja uma testemunha de fora da comunidade.

— O que vai acontecer se a comunidade concluir que Min é culpado? Vão condená-lo à morte e depois matá-lo? Isso seria fazer justiça com as próprias mãos, o que é crime em nosso sistema penal. Vocês já pensaram nisso?

— Isso não me diz respeito. O senhor vai ter que fazer todas essas perguntas ao Sr. Song.

— Por que eu?

Ela sorriu, e o aparelho dos dentes reluziu quando foi tocado pela luz.

— Porque meu tio confia no senhor. E, em troca, ele vai ajudá-lo a solucionar o mistério do homem branco.

— Como assim?

— Em breve, ele marcará um encontro para explicar tudo pessoalmente. Agora, o senhor tem que jurar que vai guardar segredo.

— Até quando?

— Até que seja feita a justiça chinesa.

— Não posso firmar esse acordo com você. Tenho que falar diretamente com o Sr. Song.

— Ele vai explicar tudo ao senhor em breve. Até lá, boca fechada.

— Tudo bem — disse Samuel. — Devo aparecer na lojinha?

— Sim. Quando ele estiver pronto, é lá que vai recebê-lo, e o senhor se surpreenderá com o que ele pode oferecer em troca de seu papel como testemunha no processo. Nenhum outro homem branco jamais esteve nesse círculo íntimo, sabe.

Samuel fez que sim com a cabeça, pensando que Melody havia crescido nos últimos tempos. Parecia e agia como uma moça, não mais como uma garota precoce.

O que a margarida tem a ver com isso?

SAMUEL ESTAVA SENTADO DE frente para Bernardi na sala do médico-legista, as provas da cena do assassinato de Grace Conklin espalhadas sobre a mesa forrada com a toalha branca. Bernardi segurava a foto da margarida murcha e a comparava com a flor agora seca sobre a mesa.

— Que diabo essa flor gigante tem a ver com a morte da moça? — perguntou ele.

— Tenho um palpite sobre isso — disse Samuel. — Vou dar uma sondada por aí e ver se consigo descobrir quem vende margaridas gigantes na região e se alguém se lembra de um homem loiro comprando flores desse tipo no dia em que ela foi morta.

— Acho muito difícil — comentou Bernardi.

— O quê? Ligar a flor ao assassino?

— Não. Não estou me referindo a isso. Acho difícil alguém se lembrar da pessoa que comprou uma margarida naquele dia. E, mesmo que você tenha sorte, e aí? Como vai encontrar essa pessoa?

— Você me ensinou a jamais pular uma etapa. Vamos ver se meu palpite está certo e se alguém se lembra de ter vendido margaridas para um homem de cabelos loiros naquele dia.

— Se eu fosse você, não seria tão específico — recomendou Bernardi. — Se alguém se lembrar de ter vendido margaridas para um homem, essa é a nossa pista. Depois a gente tenta descobrir quem ele é. Pode ser que esses fios loiros sintéticos não tenham nada a ver com o crime. Até onde sabemos, podem ser da boneca de alguma passageira.

* * *

Samuel pegou o ônibus para o cruzamento da Sixth com a Brennan, onde ficava o mercado de flores da cidade. O lugar abria apenas três dias da semana, mas ele havia verificado os horários de funcionamento com antecedência e sabia que eles estavam abertos naquele dia. O jornalista levava a fotografia da margarida encontrada na cena do crime e também o relatório da polícia com os detalhes da morte de Grace Conklin.

Já na chegada, o aroma das flores invadiu suas narinas. Samuel riu, percebendo a ironia de encontrar fragrâncias delicadas nos arredores do degradado South of Market, uma das áreas mais violentas de São Francisco.

O mercado de flores na verdade abrigava três feiras diferentes, em locais separados, cada uma comandada por um grupo étnico: italianos, chineses e japoneses. Sem saber qual delas investigar primeiro, Samuel foi até a administração, no número 640 da Brennan Street. Lá, perguntou qual dos três mercados vendia margaridas. Depois de consultar uma tabela, a recepcionista lhe indicou o pavilhão japonês.

Ao andar pela calçada rumo à porta dupla do mercado japonês, ele voltou a sentir as fragrâncias intensas que pairavam no ar. Quando entrou no pavilhão, parou para apreciar todas as cores e perfumes. Era algo avassalador, mas no bom sentido. Uma vez habituado com o local, Samuel foi passando pelos corredores de estandes até chegar a uma barraquinha que vendia margaridas. Ali encontrou flores de todas as cores imagináveis: amarelas (como as que procurava), vermelhas, roxas e até verdes.

Um japonês pequenino, careca e de óculos estava enfiando margaridas em vasinhos com água até a metade. Atrás de um balcão improvisado, uma japonesa de avental podava as flores e as amarrava com fita antes de passá-las ao marido.

— Com licença — disse Samuel.

O japonês ergueu a cabeça.

— Como posso ajudá-lo, meu jovem? — respondeu ele com um inglês perfeito.

— Vocês vendem essas flores para o público em geral, além de lojas?

— Sim, senhor. Vendemos para qualquer um que tiver dinheiro para comprá-las.

— Esta é a única barraca que vende margaridas no mercado? — perguntou Samuel.

— Sim, senhor. A única exceção é o Sr. Giaconda, no mercado italiano, que vende margaridas no Festival Italiano de Primavera.

— Ele só acontece uma vez por ano, não é?

— Isso mesmo.

— Sou jornalista e estou investigando um assassinato — disse Samuel. — Posso mostrar uma fotografia ao senhor? — Ele pegou a foto no bolso do blazer. — Essa margarida foi encontrada na cena do crime. Está vendo o tamanho dela? E o corte no caule? Ao que parece, podia ser uma dessas flores enormes que vocês vendem aqui.

— É possível — respondeu o japonês. — Ou vendemos aqui mesmo, direto para o cliente, ou vendemos para uma floricultura.

— Vocês vendem buquês pequenos?

— Sim, vendemos para todos.

— E têm registro de todas as vendas?

— Usamos um rolo de papel na caixa registradora por dia. Assim podemos avaliar o volume da venda pela quantia que o cliente pagou.

— O senhor poderia verificar as vendas desse dia? — Samuel mostrou ao japonês a data escrita atrás da fotografia.

O japonês entregou a fotografia à esposa, que anotou a data em um pedaço de papel e foi até o fundo do estande, onde vasculhou dentro de uma gaveta. Ela voltou com um rolo de papel de caixa registradora preso a um clipe. O japonês pôs o rolo sobre o balcão, tirou o clipe e foi passando os olhos pela coluna de números.

— De acordo com o registro, duas pessoas compraram buquês com uma dúzia de margaridas nessa data.

Samuel pensou por alguns segundos.

— Vocês se lembram de alguma coisa sobre esses dois compradores?

— A primeira compra do dia foi feita por uma cliente que compra flores uma vez por semana — respondeu o japonês. — É uma senhora de uns 70 anos. Duvido que seja uma criminosa. O outro cliente chegou no fim do dia, quase na hora de fechar. Pagou um dólar e noventa e oito, o preço que cobramos por um buquê pequeno de margaridas. Essa pode ser a pessoa que o senhor está procurando.

— Vocês podem me dar uma descrição dessa pessoa?

Marido e mulher se entreolharam, na dúvida. Depois de um minuto, o homem balançou a cabeça, pedindo desculpas.

— Lamento, não tenho qualquer lembrança dessa venda.

— Eu tenho uma vaga recordação — disse a mulher, e seu rosto foi se iluminando. — Eu me lembro de um homem vestido todo de preto. Era loiro e estava usando um chapéu preto também. É por isso que me lembro dele. Foi no fim da tarde, e ele parecia estar com pressa. Me deu cinco dólares e me disse para ficar com o troco.

— Notou alguma coisa diferente na voz dele?

Ela balançou a cabeça.

— Ele era alto? — perguntou Samuel.

— Um pouco mais alto que o senhor, mas com o mesmo porte.

— Parece ter sido uma visita produtiva — disse Samuel e abriu um sorriso, maravilhado por ter feito tantas descobertas. — Mais alguma lembrança?

— Sim. Ele mancava. Tinha algo errado com sua perna esquerda.

— Parecia ter alguma deficiência ou apenas mancava de leve?

— O suficiente para eu ter percebido.

— Ótimo.

Ele anotou os nomes e o telefone dos vendedores e agradeceu. Depois, foi correndo até o escritório de Bernardi.

* * *

Samuel ainda estava eufórico, andando de um lado para o outro na sala de Bernardi.

— Nem consigo acreditar na sorte que a gente teve.

— Bom trabalho, Samuel — disse Bernardi com um leve sorriso. — Agora sabemos que procuramos um homem que se veste todo de preto, usa uma peruca loira e manca ou já mancou algum dia na vida.

— Dá um tempo — rebateu Samuel. — Isso é muito mais do que a gente sabia hoje de manhã. Agora temos que descobrir quem é esse cara, se ele tinha algum desentendimento com Jim Abernathy, Chad Conklin ou com a própria Grace e se ainda está vivo.

— Também temos que descobrir de onde surgiu esse cara. Meu palpite é que se trata de um matador de aluguel. Temos que ver se nossos informantes sabem quem ele é.

— Você tem que expandir a área de busca. Duvido muito que o trabalho tenha sido feito por um cara local.

— Há um jeito de descobrir essas coisas. Vou botar alguém para cuidar disso hoje mesmo.

— Tem mais uma coisa me incomodando — disse Samuel. — Que diabo Grace estava fazendo em um ponto de ônibus naquele bairro? Acho que vou até lá ver se havia alguma coisa que pudesse interessar a ela nas redondezas. Mas, primeiro, vou pegar uma foto dela com o legista.

— Você não precisa ir até o legista; eu tenho uma. — Bernardi revirou uns papéis sobre a mesa. — Aqui está.

— Ela podia estar lá naquela noite por um milhão de motivos — continuou Samuel, enfiando a foto no bolso. — Mesmo assim, há somente uma resposta correta.

— Você abriu a caixa de Pandora, Samuel. Agora só nos resta tirar tudo o que está dentro dela e ver se algo se encaixa.

— Espere aí. Pandora fechou a caixa antes de deixar a esperança sair. Você sabe disso, não?

— Sim, mas conheço você, Samuel. Vai dar um jeito de abrir a caixa sem deixar a esperança escapar.

— Se você está achando que consigo tirar mais alguma coisa dessa caixa, está muito otimista, Bruno.

— Não tenho a menor dúvida de que vai conseguir — disse Bernardi, olhando pela janela para os carros que passavam zunindo pela rua. — Olhe só o quanto você já fez até agora.

Barry Fong-Torres

Quatro pessoas tinham se reunido para o chá no quartinho dos fundos da loja de ervas do Sr. Song: Melody, o Sr. Song, Samuel e Barry Fong-Torres, um integrante recente do círculo de amizades do Sr. Song. Era possível ver os vasos de barro na parte da frente da loja através da cortina de contas azul pendurada no vão da porta.

O herborista albino vestia uma longa túnica de seda preta com duas garças brancas bordadas, uma de cada lado do peito. Em contraste com a roupa e o chapéu preto, sua pele era branca como marfim. O pêndulo do relógio na parede atrás dele se movia lentamente de um lado para o outro, lembrando a Samuel o medalhão de ouro que o Sr. Song tinha usado para hipnotizá-lo.

— O Sr. Song pediu que eu apresentasse os senhores e explicasse por que estão aqui — disse Melody.

O novato, que também era chinês, deixou a xícara de chá sobre a mesinha e se levantou para apertar a mão de Samuel. O repórter achou que ele tinha uns 20 e poucos anos, embora parecesse mais jovem.

— Eu sou Barry Fong-Torres — disse o homem, abrindo um sorriso cativante, os óculos emoldurando seu olhar inteligente. —

Fico feliz em conhecê-lo, Sr. Hamilton. — Era um pouco mais baixo que Samuel e tinha cabelos repartidos de lado, caindo sobre a testa.

Melody fez um gesto para eles se sentarem.

— Sei que estão curiosos para saber por que pedi aos senhores que viessem até aqui hoje. O Sr. Song gostaria de conversar sobre Min Fu-Hok. O Sr. Hamilton não fala chinês, então estou aqui para traduzir.

Depois que os homens assentiram, ela relembrou os crimes de Min Fu-Hok e o resultado do julgamento. A sentença estabelecida pelo juiz que julgara o caso havia deixado o Sr. Song muito contrafeito, explicou Melody, então ele decidira convocar uma audiência. O Sr. Song representaria o povo de Chinatown e recolheria provas, não apenas do caso da Sra. Chow, mas também das mortes de todas as outras pessoas que beberam a água mineral envenenada.

— Fiquei sabendo desse caso — disse Barry. — Não se fala de outra coisa em Chinatown, e saiu nos jornais.

O Sr. Song bebia seu chá em silêncio durante as considerações da sobrinha. Depois que ela terminou, ele falou em cantonês para Barry, e Melody traduziu para Samuel.

— Eu sei que você conhece muito bem a história chinesa e que compreende o que vamos fazer, não é mesmo? — disse o Sr. Song a Barry.

— Sim, senhor — respondeu Barry, também em cantonês.

— Sei muitas coisas sobre você. Sei que está estudando criminologia na Universidade da Califórnia, em Berkeley. Você também tem contatos muito bons em Chinatown. Eu gostaria que trabalhasse junto com o Sr. Hamilton, que é um amigo de confiança, para ver se, juntos, conseguem descobrir o que aconteceu nos bastidores com o Sr. Min Fu-Hok.

Barry balançou a cabeça.

— Não sei se estou entendendo. O que o senhor quer dizer com bastidores?

O Sr. Song apagou o fósforo com que acabara de acender um incenso.

— Sei que você compreende o povo chinês, então deixe-me contar uma história. Os espíritos daqueles que morreram depois de beber a água de Min me visitaram certa noite e me pediram para fazer justiça. Se tivessem sentido que a justiça havia sido feita, eles não teriam vindo até aqui me pedir para intervir.

— Compreendo que o senhor tenha poderes excepcionais e que é capaz de convocar os espíritos — respondeu Barry. — Não é isso que me deixou confuso. Não sei o que o senhor quer dizer com "bastidores".

— Quero que você investigue o passado desse homem aqui em Chinatown — disse o Sr. Song, olhando firme para Barry, as bochechas pálidas ficando vermelhas. — Quero que descubra como ele operava seus negócios, de onde veio e para onde foi o dinheiro de suas operações.

Barry ficou em silêncio por alguns instantes.

— O senhor está dizendo que quer saber se há mais alguém envolvido nisso tudo, é isso?

— Sim — respondeu o Sr. Song. — Estrangeiro ou nativo.

— O que o senhor poderá fazer se tiver dinheiro estrangeiro envolvido nisso?

Samuel viu um breve sorriso aparecer no rosto do Sr. Song, algo que nunca tinha visto acontecer antes.

— E o que eu posso fazer para ajudar? — interrompeu Samuel.

Melody deu uma risada.

— Eu já falei da primeira vez que conversamos. O Sr. Song quer que o senhor seja testemunha de tudo o que acontecer. Ele também quer que ajude Barry com o que for necessário. A única ressalva é que o senhor não pode falar nada a ninguém até receber o aval do Sr. Song.

— Eu preciso ouvir isso dele — disse Samuel.

O sábio aquiesceu.

Samuel sabia que essa era sua resposta, então perguntou a Barry se eles poderiam conversar por uns minutos.

— Claro. Só me deixe esclarecer nossos papéis. — Enquanto Barry falava com o Sr. Song mais uma vez em cantonês, Melody traduzia para Samuel. — Melody vai me contar a história do Sr. Min Fu-Hok e explicar, para mim e para o Sr. Hamilton, o que precisamos descobrir sobre ele. Depois temos que trazer as informações para o senhor de um modo que elas possam ser usadas em seu tribunal. É isso?

O Sr. Song aquiesceu.

— Preciso saber mais sobre o seu tribunal — disse Barry.

— Melody vai explicar o funcionamento do meu tribunal a você. Eu sou o promotor, o juiz e o investigador dos fatos. Eu mesmo vou determinar a culpa do Sr. Min Fu-Hok e sua punição depois que eu analisar as evidências que vocês me trouxerem e ouvir o que as testemunhas têm a dizer. Você e o Sr. Hamilton são meus investigadores. Seu trabalho é descobrir informações no lado chinês. O Sr. Hamilton vai trabalhar com as provas que não conseguirmos com nossas conexões em Chinatown. Ficou claro?

— Se eu tiver mais dúvidas, voltarei aqui para perguntar ao senhor — disse Barry.

O Sr. Song aquiesceu, levantou-se e saiu do quartinho.

* * *

Samuel, Barry e Melody continuaram a beber chá em silêncio até o incenso acabar.

— Você tem ideia de por onde começar? — perguntou Samuel a Barry.

— Tenho umas ideias. Mas, sinceramente, ainda vou ter que pensar bastante no assunto. A gente pode se encontrar amanhã à tarde?

Samuel fez que sim e olhou para Melody.

— Eu quero ajudar, mas, neste momento, não sei como. Não tenho experiência com nada do que está acontecendo aqui. E me sinto desconfortável por não poder compartilhar minhas descobertas com o tenente Bernardi.

— Mas o senhor prometeu ao Sr. Song — lembrou Melody.

— Além disso, seu sistema já julgou o Sr. Min Fu-Hok. Não há mais nada que possam fazer, a menos que ele quebre as regras da liberdade condicional. Se, durante a investigação, o senhor descobrir que ele fez isso, o Sr. Song vai permitir que essas novas provas sejam levadas às autoridades. Mas o senhor pode descobrir outras informações que não sejam importantes para seu sistema judiciário e que tenham relevância no tribunal do Sr. Song. Então não se aflija. O senhor vai compreender a importância das provas quando as trouxer para o Sr. Song.

* * *

Depois que Melody, Barry e Samuel foram embora, o Sr. Song se retirou para seus aposentos, ao lado do quartinho onde havia acontecido o encontro. As paredes eram repletas de prateleiras de livros do chão ao teto, todas com volumes sobre plantas medicinais do mundo inteiro. As lombadas dos livros mostravam todas as cores do arco-íris, e seus títulos apresentavam uma grande variedade de idiomas. Marcadores de pano saíam de muitos volumes, nos quais um visitante teria muita dificuldade de encontrar um grão de poeira.

O Sr. Song desabotoou a túnica preta, tirou o chapeuzinho e se sentou à mesa de mogno posicionada no meio do quarto. Abriu uma gaveta, tirou um incenso e o acendeu. Ao se sentar na poltrona, focou a atenção no pêndulo do relógio em cima da prateleira bem à sua frente. O movimento regular logo o levou ao estado alterado de consciência que ele sempre buscava quando algo o perturbava. Ele sabia que convocar um tribunal era uma grande responsabilidade e queria cumprir sua obrigação junto à comunidade de forma digna e eficiente.

Durante o encontro com Barry e Samuel, o Sr. Song não havia revelado que Min Fu-Hok era seu cliente. O milionário chinês alugava dois vasos grandes que ocupavam uma posição de destaque na frente da lojinha. O Sr. Song não tinha ideia do que havia dentro dos vasos, mas, pelos seus minuciosos registros, sabia que Min Fu-Hok fizera várias visitas à loja no decorrer do processo, realizando depósitos ou retiradas de ambos os vasos. Pensando agora, achava que provavelmente eram retiradas, então só lhe restava saber de onde vinha o dinheiro. Ele queria que seus investigadores descobrissem isso. E também para onde o dinheiro seguia depois dali. Tinha certeza de que essa informação não seria nada fácil de desencavar.

Indo cada vez mais fundo em seu transe, o Sr. Song visualizou uma série de letreiros de bancos em Chinatown, assim como o da maior filial do Bank of America. As imagens eram claras, inequívocas. Quando se dissiparam, ele ficou sozinho com o silêncio da sala, o pêndulo oscilando e o aroma do incenso queimando.

* * *

Embora tivesse marcado o encontro com Bernardi no Camelot às cinco e meia, Samuel chegou uma hora antes para falar com Melba em particular sobre a reunião com o Sr. Song.

— O que exatamente o Sr. Song quer que você faça? — perguntou ela.

— Ele quer que eu descubra informações de lugares aos quais seus contatos chineses não têm acesso.

— Por exemplo?

— Onde Min Fu-Hok comprou sua influência junto às esferas do poder, das quais a maioria dos chineses é excluída. Ele conseguiu acesso a elas com seu dinheiro.

— Alguma ideia de como fazer isso?

— Até agora só tenho uma sugestão do próprio Sr. Song. Ele quer que eu consiga os registros do escritório central do Bank of America.

— Já é um começo. Mantenha-me informada. Enquanto isso, vou botar a cabeça para funcionar.

Quando Bernardi apareceu, ele se juntou a Samuel, Melba e Excalibur na Távola Redonda. Samuel já tinha dado seu presentinho ao cão, e Excalibur estava todo encolhido aos pés da cadeira de Melba, dormindo. Bernardi tomava uma taça do vinho tinto barato da casa, Samuel bebia seu uísque com gelo, e Melba entornava uma de suas muitas garrafas de Hamm's e fumava sem parar.

— Acabei de voltar da loja do Sr. Song — começou Samuel, tomando cuidado ao escolher cada palavra para não revelar ao detetive o que prometera manter em segredo. Mas a verdade é que ele precisava de informação. — Você sabe alguma coisa sobre Barry Fong-Torres?

— Sim, nós o conhecemos bem — respondeu Bernardi. — É um rapaz interessante. Estuda criminologia em Berkeley. Está no terceiro ano. Mas é muito ativo em Chinatown. Conhece todo mundo. Estávamos tentando recrutá-lo para o Departamento de Polícia, mas ele se interessa mais pelo lado preventivo da lei.

— Como assim? — perguntou Samuel.

— Ele tem um grande coração e quer ajudar as pessoas que já estão encrencadas. Na última vez que nos falamos, ele estava pensando em trabalhar no Departamento de Liberdade Condicional. Está particularmente interessado em afastar os jovens das más influências.

— Você confia nele?

— Completamente. Por que a pergunta?

— Tem um negócio rolando em Chinatown, e o nome dele está envolvido — despistou Samuel. — Conto a você quando souber de mais alguma coisa. — Para mudar de assunto, ele perguntou a Bernardi como andava o caso Grace Conklin.

— Estamos seguindo pistas dos assassinos de aluguel. Neste exato momento, a descrição que você me passou está circulando por São Francisco, Alameda e Contra Costa.

— Você acha que o mandante iria contratar um matador assim tão perto de casa?

— Jamais subestime a arrogância do poder — interrompeu Melba. — As pessoas poderosas ficam idiotas.

Bernardi soltou uma risada, e Samuel deu de ombros.

Mais que um lugar para dormir

— E<small>U AINDA ESTOU COM</small> a foto de Grace Conklin — disse Samuel a Bernardi. — Você se importa se eu ficar com ela por mais um tempo?

— Fique à vontade.

— Queria resolver logo isso, mas fiquei enrolado lá em Chinatown.

— Você me contou.

Bernardi remexia na pilha de arquivos em cima da mesa. Samuel pensou: "mal sabe ele..." Não gostava de esconder segredos do detetive, mas tinha dado sua palavra ao Sr. Song.

— Qual é o plano? — perguntou Bernardi, tirando um dos arquivos da pilha.

— Nem sei se tenho um. Desde que mataram essa mulher, fico me perguntando que diabos ela estava fazendo à noite naquele lugar. Quero dar uma fuçada e ver se consigo descobrir alguma coisa.

— Gostaria de ajudá-lo, mas você está vendo o tanto de coisa que tenho para fazer aqui — disse Bernardi.

— Pois é. Eu sei que você está ocupado, então não vou mais atrapalhar. Se eu achar alguma pista, conto depois.

* * *

Naquela tarde, Samuel sentou-se no mesmo banco em que Grace Conklin havia se sentado na noite em que fora assassinada. Ele olhou para a Harrison Street, chegando à conclusão de que não fazia muito sentido descer rumo à baía. De onde estava, via até o final do Embarcadero, e não havia muita coisa ali para atrair a atenção de ninguém. Analisando a rua na outra direção, calculou que estava a uns seis quarteirões do Palácio da Justiça e do escritório de Bernardi. Depois de decidir que essa era sua melhor aposta, Samuel permitiu-se dispor de quatro horas para ver se conseguia descobrir alguma coisa interessante.

Samuel entrou em muitos bares do caminho e mostrou a fotografia de Grace para os trabalhadores que preparavam os estabelecimentos para a noite. A maioria lhe dizia para voltar mais tarde, quando o barman ou o dono estivessem lá. Embora Samuel já estivesse bem desanimado quando chegou à Fifth Street, ficou curioso ao ver o Hotel Bay Bridge no meio do quarteirão, até porque aquele era o único prédio no trajeto rua acima. Pensou que poderia tentar a sorte naquele hotel antes de arrumar alguma coisa para comer e voltar para os bares que tinha visitado mais cedo.

Ao entrar na pequena recepção do edifício de dois andares, Samuel viu um indiano baixinho de turbante atrás do balcão. Apesar de jovem — com um rosto bonito, olhos escuros e dentes fortes e brancos —, o rapaz parecia frágil.

— Com licença, posso fazer umas perguntas? — disse Samuel.

— Claro, chefe, manda ver — respondeu o indiano em um inglês com muito sotaque.

— Tenho aqui uma foto. — Samuel tirou a fotografia de Grace do bolso do blazer. — Você já viu essa mulher?

Depois de analisar a foto por um momento, o indiano olhou para Samuel com desconfiança.

— Você é da polícia?

— Não, não. Eu sou repórter e estou em busca de informações sobre essa moça. Você sabe de alguma coisa, não sabe?

— Não é polícia? — perguntou o indiano mais uma vez.

— Não, já disse, sou repórter. Conte o que você sabe.

— Certo, chefe. Ela costumava reservar um quarto aqui. Veio uma vez por semana, por uns seis meses. Depois não apareceu mais.

— Era sempre no mesmo dia da semana?

— Sempre no mesmo dia, sexta-feira.

— Que horas ela chegava aqui?

— Umas quatro. Quando chegava, já reservava o quarto para a semana seguinte. Nunca perdeu uma sexta.

— Ela pegava algum quarto específico?

— Sim, senhor. O último, no fim do corredor, que dá para o beco.

— Ela compartilhava o quarto com alguém?

— Sim, senhor. Mas só vi o cara sair uma vez, e já estava escuro.

— Você consegue me dizer como ele era?

— Não, senhor. Estava muito escuro. E nunca mais o vi. Ela pegava o quarto e seguia para lá, e ele entrava pelo beco, acho.

— Você pode me dizer alguma coisa sobre esse cara?

— Ele vestia terno e fumava cigarros Parliament.

— Só isso?

— Sim, senhor. Só o vi de costas, e estava escuro.

— Como você sabe que ele fumava Parliament?

— Uma vez, eu entrei lá com a camareira. A gente sabia que eles sempre saíam assim que escurecia. E a gente queria deixar o quarto pronto para ser usado de novo, porque era sexta-feira.

— Por que você se lembra da marca do cigarro?

— Porque o quarto cheirava a fumaça, e o cinzeiro do lado da cama estava cheio, e eu vi a marca dos cigarros.

— Você por acaso guardou um dos cigarros?

— Não, chefe. Desculpe.

— Como eles pagavam pelo quarto?

— Ela sempre pagava em dinheiro, adiantado, toda vez. Eu nunca vi o cara.

— Você pode me dizer mais alguma coisa sobre ela?

— Da última vez que eu vi essa moça saindo daqui, ela estava chorando e batendo uma mão na outra.

— Você quer dizer batendo palma?

— Não, chefe, batendo uma mão fechada na outra.

— Assim? — Samuel encostou o punho da mão direita na palma da mão esquerda.

— Isso, chefe, assim mesmo.

— Você pode me dizer quando foi isso?

O indiano pegou o livro de registros e começou a lê-lo com atenção, até, por fim, dizer a data do assassinato de Grace. Foi quando a viu pela última vez.

— Posso ver seu registro? — pediu Samuel.

— Não posso mostrar isso para ninguém, mas vou deixar você dar uma olhada.

O registro estava assinado por Sharon Jones.

— Esse era o nome que ela usava sempre?

— Sim, chefe.

Samuel anotou o nome e a data.

— Você disse que ela apareceu durante uns seis meses?

— Sim, chefe.

— Posso saber seu nome?

— Vou dar meu cartão ao senhor. Se quiser um quarto, vou fazer um preço especial.

O indiano deu um cartão a Samuel. Abaixo do logo do Hotel Bay Bridge vinham as palavras: "Rishi Kumar, gerente."

— A camareira... Ela ainda trabalha aqui?

— Sim, chefe.

— Qual é o nome dela?

— Magdalena Martinez.

— Ela fala inglês?

— *Un poquito* — respondeu Rishi.

— Você fala com ela em espanhol?

— *Un poquito* — repetiu ele, sorrindo.

Samuel sorriu também, imaginando os dois tentando se comunicar.

— Ela está aqui agora?

— Não, é seu dia de folga. Volta depois de amanhã.

— Que horas?

— Ela chega às nove da manhã. Trabalha oito horas, às vezes um pouco mais, quando está muito ocupada.

— Era ela que sempre limpava o quarto onde a moça ficava?

Rishi pensou por um momento.

— Sim, chefe. Ela mesma.

— Posso dar uma olhada no quarto?

Rishi fez que sim, levantou a parte móvel do balcão e se juntou a Samuel do outro lado. Mesmo com o turbante aumentando sua estatura, ele era quase um palmo mais baixo que o repórter. Eles percorreram toda a extensão do hotel. Samuel contou vinte quartos ao todo, dez no andar de baixo, dez no andar de cima. Mas havia apenas dois carros no estacionamento. Quando eles chegaram ao quarto mais perto do beco, Rishi destrancou a porta e fez um gesto para Samuel entrar.

A cama de casal coberta com uma colcha gasta de estampa floral tomava quase todo o espaço. Em cima das mesinhas de cabeceira de ambos os lados estavam luminárias ligadas a um interruptor central. Junto à porta ficavam uma mesa dobrável e duas cadeiras, e havia cinzeiros por todo o quarto, que rescendia a fumaça de cigarro. O banheiro apertado tinha um vaso sanitário e uma banheira de porcelana, com azulejos cor-de-rosa em três das quatro paredes. Muitos deles estavam rachados ou até mesmo faltando. Uma toalha rala, mais cinza que branca depois de tantas lavagens, estava dobrada sobre a prateleira perto da banheira. Uma cortina de plástico decorada com flamingos cor-de-rosa, cuja cor combinava vagamente com os azulejos, pendurava-se em uma barra torta, e havia uma mancha de mofo na parte debaixo da cortina, onde ela tocava o chão.

— Eles só usavam este quarto, certo? — perguntou Samuel.

— Sim, chefe, só este quarto.

Embora Samuel soubesse que teria de contar tudo a Bernardi e que o detetive iria mandar Mac até aquele quarto no dia seguinte para recolher impressões digitais e qualquer outra evidência, ele não queria assustar Rishi, que estava lhe dando informações valiosíssimas.

— A que horas os hóspedes costumam chegar? — quis saber Samuel.

— Lá pelo meio-dia.

O repórter aquiesceu.

— Podemos dar uma olhada no beco?

— Claro, chefe.

Os dois saíram e analisaram o beco de cima a baixo, e Samuel calculou que a rua não tinha mais que uns dez ou doze metros. Quem quer que se encontrasse com Grace ali, era um cara muito esperto, pensou ele.

— Estou vendo que tem bastante lugar para estacionar aqui no beco — disse Samuel. — Você alguma vez viu o cara parar o carro no estacionamento do hotel?

— Não, chefe. Se ele tivesse feito isso, eu teria visto, porque todos os carros têm que entrar pela Harrison Street e sair pelo beco.

— Só para deixar claro, você só viu esse cara uma vez, de costas, no escuro, e ele estava de terno, certo?

— Certo, chefe.

— Você sabe se ele era alto ou baixo?

Rishi negou com a cabeça.

— Consegue estimar o peso dele?

Samuel obteve a mesma resposta.

— Você confirma que era um homem branco?

— Só sei que ele vestia terno.

— Vou voltar amanhã com mais um pessoal — disse Samuel. — Enquanto isso, não alugue este quarto para ninguém.

O rosto de Rishi se encheu de desconfiança mais uma vez.

— Você é da polícia!

— Não, não sou, prometo. Vou manter você fora disso, mas, por favor, não alugue esse quarto.

Samuel de fato achava que Rishi não sabia quem estivera com Grace durante os seis meses em que ela havia reservado o quarto, mas, caso estivesse enganado, não deveria contar a Rishi o que havia acontecido com ela. Não queria dar ao gerente do hotel a oportunidade de destruir provas, se é que ainda restava alguma.

— Vou dizer a você o que vou fazer — continuou Samuel. — Vou ficar com o quarto por esta noite. Quanto é?

— Dezoito dólares e setenta e cinco centavos. Se quiser TV, é um dólar a mais.

— Sem TV, só o quarto — disse Samuel, puxando umas notas do bolso.

* * *

Bernardi não conseguia acreditar no que Samuel havia acabado de descobrir. Eles foram até o armário que guardava as provas agora catalogadas do caso Grace e começaram a examinar cada uma das evidências.

— O que você acha dessas guimbas de cigarro Parliament agora? — perguntou Samuel.

— Sinceramente, não sei. Elas podem ter sido deixadas por quem matou a moça, por alguém que planejava matá-la ou por alguém que não tinha nada a ver com a história.

— Você tem razão. Sem uma amostra das guimbas de cigarro do quarto para comparar com estas, não temos como saber se a marca de cigarros é só uma coincidência.

— Vamos ter que esperar até o fim desse pesadelo — disse Bernardi. — Essa pode ser a chave para resolver o caso.

Tramoia financeira

Samuel, Barry e Melody estavam sentados a uma mesa junto à janela do Chop Suey do Louie, debruçados sobre seus pratinhos de *chow mein*. Os aromas agridoces da cozinha os envolviam enquanto falavam sobre a tarefa que o Sr. Song havia atribuído a eles.

— Obrigado por explicar como funciona o tribunal e o tipo de informação que o Sr. Song quer — disse Barry. — Fiquei impressionado com os nomes de alguns dos bancos que ele identificou em sua visão. Um deles, o Bank of America, não é pouca coisa. Você quer que eu descubra que tipo de depósitos Min Fu-Hok fez lá?

— Meu tio não está interessado apenas no que ele tem lá, mas também no que retirou do banco — esclareceu Melody. — O Sr. Song quer que você descubra de onde o dinheiro veio e para onde ele foi.

— Você sabe que vamos precisar de uma ajudinha, não é? — disse Barry.

— Eu sei, precisamos de uma pessoa que compreenda a mentalidade chinesa e o modo como fazemos negócios — concordou Melody. — Temos que superar a barreira de segredos que cerca o universo bancário chinês.

— Por que vocês têm tanta certeza de que Min Fu-Hok usou bancos para fazer suas transações? — perguntou Samuel.

— Por causa da visão do Sr. Song, e porque Min Fu-Hok tinha muito dinheiro à disposição — respondeu Melody.

— Ele não podia guardar tudo em um local como a lojinha do Sr. Song, ainda mais depois de você ter desvendado os assassinatos do Caso dos Jarros Chineses — disse Barry. — As autoridades estão de olho agora.

— Onde vamos encontrar um chinês que possa nos ajudar? — perguntou Samuel.

— Eu tenho um nome em mente — respondeu Barry. — Encontrem-me hoje à noite. A gente vai fazer uma visitinha a ele.

* * *

Ao anoitecer, Samuel e Melody encontraram Barry na esquina da Grant Avenue com a Jackson Street. Juntos, desceram a Jackson rumo à baía e viraram à direita na Cooper Alley. Depois de alguns metros, Barry parou em frente a uma fachada em ruínas.

— Chegamos.

— O que está escrito aqui? — perguntou Samuel, apontando para os ideogramas azuis meio apagados sobre as janelas de vidro.

— Serviço de contabilidade — respondeu Barry.

— Por que viemos até aqui? — quis saber Samuel.

— Entre. E veja com os próprios olhos.

Os três se espremeram para passar pela pequena entrada recuada da calçada.

— O que está escrito na porta? — perguntou Samuel.

— Jimmy Shu, contador — respondeu Melody.

Ela tocou a campainha e imediatamente a porta se abriu. Diante deles apareceu um homenzinho careca usando uma viseira verde e uma blusa também verde, toda manchada. Ele se afastou para permitir que as visitas entrassem. A luz no interior era fraca, mas estava mais claro do que do lado de fora. O homem sorriu, revelando um único dente na gengiva superior, e, muito entusiasmado, conversou com Barry em chinês, como se fossem velhos amigos.

— O que ele está dizendo? — perguntou Samuel a Melody.

— Está feliz por vê-lo e quer saber como vai a família de Barry.

— Parece que estão falando cantonês — disse Samuel.

— Isso mesmo, é a língua que falam em Chinatown — explicou ela. — As pessoas aqui são, em sua maioria, do sul da China.

— Você também conhece esse cara? — perguntou Samuel.

Ela fez que sim.

— Ele tem um vaso na lojinha do Sr. Song.

Quando todos já estavam espremidos na penumbra do escritório, Samuel olhou ao redor e viu pilhas de papel que cobriam todo o chão de madeira escura, a não ser por um pequeno espaço em frente à mesa, onde havia uma cadeira. Algumas das pilhas eram mais altas do que o chinesinho. Acima da mesa pendia um lustre com uns trinta centímetros de diâmetro e aberto na parte de cima. Sob a luz fraca das duas lâmpadas de baixa voltagem, Samuel podia ver carcaças de insetos mortos acumulando-se no fundo da luminária, prejudicando ainda mais a já limitada capacidade de iluminação das lâmpadas da sala.

Samuel olhou também para a superfície da mesa, notando um mata-borrão verde e uma lupa sobre uma pilha grande de papéis. Bem ao lado, um bloco de anotações repleto de símbolos chineses era iluminado pela luminária de mesa.

Jimmy fez um gesto para que os três se sentassem. Samuel, Barry e Melody se entreolharam, confusos, sem entender o que ele queria. Depois de alguns segundos de constrangimento, Melody sinalizou que Barry deveria ocupar o único assento disponível, diante da mesa do escriturário.

Jimmy se sentou e tirou a viseira verde, expondo a careca brilhante.

— Como posso ajudá-lo, Sr. Fong? — perguntou ele. Melody traduzia tudo baixinho para Samuel.

— O Sr. Song pediu que recolhêssemos o máximo de informação possível sobre os bens de Min Fu-Hok. Todo mundo sabe que o senhor é a pessoa certa para essas coisas em Chinatown.

Jimmy, que vinha escutando atentamente, fez que sim com a cabeça, aquiescendo.

— Esse homem é o dono da Companhia de Água Mineral Botão de Flor?

— Isso mesmo. Ele é o homem que estamos investigando.

— Antes de tudo, os senhores têm que entender que minhas habilidades são limitadas. Os negócios desse homem devem ter deixado algum tipo de rastro. Se eu tiver a sorte de ter algum dado sobre ele em meus registros, poderei ajudar.

— Nós entendemos — disse Barry, deslizando uma folha de papel sobre a mesa para Jimmy. — Aqui está uma lista dos bancos onde o Sr. Song acha que ele tem conta.

Jimmy conferiu os nomes.

— Posso conseguir informações desses três bancos de Chinatown, mas não tenho como adquirir dados do Bank of America. Lamento.

Quando Melody acabou de traduzir, Samuel ergueu uma sobrancelha.

— Acho que o Bank of America sobrou para mim.

— É por isso que o Sr. Song quer sua ajuda — comentou ela.

— Preciso de uns dias — afirmou Jimmy. — Vou verificar as informações que já tenho e dar um jeito de conseguir outras, caso seja necessário. Por favor, voltem na quinta-feira, nesse mesmo horário.

Os dois se levantaram, e Barry esticou o braço sobre a mesa para apertar a mão de Jimmy. O contador então os acompanhou até a porta e se despediu. Quando as visitas chegaram à calçada, ele fechou a porta, e os três ouviram o clique da tranca.

Em silêncio, eles começaram a fazer o caminho de volta até a esquina da Jackson Street, onde Samuel de repente se deteve.

— Tem uma coisa me incomodando. Podemos ficar um tempo por aqui, para ver se ele sai do escritório? Quero saber como ele consegue as informações. Alguma coisa me diz que, se o seguirmos, vamos descobrir.

Barry deu uma risada.

— Pode deixar comigo. Vou ficar no balcão daquele restaurantezinho de yakisoba na esquina para ver se Jimmy vai fazer alguma coisa. Tenho seu telefone, Samuel. Qualquer novidade, eu ligo.

— E eu? — perguntou Melody.

— Se quiser participar, me passe seu telefone também — pediu Barry. — Sinto que vai demorar um pouco, então é melhor irem tirar um cochilo.

* * *

Já passava da meia-noite quando Barry ligou. Samuel, que estava dormindo com a mesma roupa com que tinha vindo da rua, foi encontrá-lo em menos de dez minutos. Melody morava a poucos quarteirões dali e chegou ainda mais rápido. O restaurante de yakisoba já tinha fechado, e Barry estava de pé junto a uma cabine telefônica, esfregando as mãos para se esquentar, a gola do casaco levantada. Era uma daquelas noites típicas de São Francisco, com frio e neblina.

— Você está bem? — perguntou Samuel.

— Ah, sim. — Ele riu. — Passei a última hora dentro da cabine.

— E então, o que aconteceu? — quis saber o jornalista.

— Pouco antes de eu ligar para vocês, três homens, todos vestidos de preto, entraram no escritório do Jimmy. Para nossa sorte, eles ainda não saíram.

Samuel olhou para o relógio.

— Isso foi há poucos minutos?

— Exato.

— O escritório de Jimmy tem alguma saída para os fundos? — perguntou Samuel.

— Tem, mas eles ainda assim teriam que passar pela Jackson Street. Então estamos no lugar certo para ver esses caras saindo.

Eles não precisaram esperar muito tempo. Em menos de meia hora, os três homens surgiram na porta da frente do escritório d Jimmy, cada um carregando um saco preto vazio pendurado no ômbro. Eles se separaram na esquina da Cooper Alley com a Jackson; dois deles subiram a rua, e o terceiro desceu rumo à baía. Samuel fez um gesto para Barry seguir o homem que descia a rua, enquanto ele e Melody iam atrás dos outros dois. Antes de se separarem, combinaram de se encontrar no dia seguinte, na hora do almoço, no Chop Suey do Louie, para contar o que tinham descoberto.

Quando os homens chegaram à Grant Avenue, um deles virou à esquerda. Samuel o seguiu, e Melody continuou atrás do outro sujeito, que parecia mais novo e que continuava subindo a Jackson. Havia poucas pessoas na rua, então Samuel mantinha uma distância segura de seu alvo. Ele o viu dobrar a esquina da Sacramento Street, onde o letreiro escuro do Banco de Cantão se erguia sobre uma porta dupla de vidro na Grant Avenue, e seguir em frente em direção ao Fairmont Hotel. Quando o rapaz entrou pela ruela atrás do banco e acendeu a lanterna, Samuel se escondeu atrás do batente da porta de um prédio do outro lado da rua, de onde podia ver sem ser visto. O rapaz começou a revirar as latas de lixo e puxar uns maços de papéis — alguns amassados, outros, não —, analisando cada bloco antes de enfiá-los no saco. Por fim, quando o saco já estava bem cheio, ele desligou a lanterna, jogou o saco novamente por cima dos ombros e refez o caminho até o escritório do Jimmy.

Samuel voltou para casa ainda mais intrigado do que antes.

* * *

No dia seguinte, quando Samuel entrou no Chop Suey do Louie, encontrou Melody e Barry na mesma mesa do dia anterior, junto à janela. Era possível ver em seus rostos que estavam tão confusos quanto ele.

O repórter se sentou e pegou uma xícara de chá antes de pedir uma sopa *wonton*, o prato do dia. Os outros dois pediram o mesmo.

— Quem vai ser o primeiro? — perguntou ele.

— Melody e eu seguimos nossos alvos até latas de lixo que ficavam em becos atrás de bancos — começou Barry. — Eles vasculharam as latas e pegaram montes de papéis, como se já soubessem o que estavam procurando. Quando os sacos estavam bem cheios, os homens voltaram para o escritório de Jimmy. Só isso.

— Comigo foi a mesma coisa — falou Samuel e riu. — Não vamos entender o que tudo isso significa até conversarmos novamente com Jimmy. Mas é difícil imaginar que seus capangas tenham conseguido alguma informação específica sobre as contas bancárias de Min Fu-Hok que vá nos ajudar.

— Acho que não é bem por aí — retrucou Melody. — Vamos deixar que ele nos explique tudo no próximo encontro, em vez de ficarmos tateando no escuro, tentando entender o que foi aquilo.

— Na quinta à noite? — perguntou Samuel quando a sopa chegou à mesa.

Melody fez que sim, e os três atacaram os pratos, saboreando os leves aromas de xerez e molho shoyo a cada bocado de carne de porco moída.

* * *

Na noite de quinta-feira, Samuel, Barry e Melody se viram mais uma vez espremidos no escritório lotado de Jimmy Shu. Dessa vez, Jimmy não tirou a viseira verde para folhear as três pilhas de papéis que estavam sobre a mesa, uma das quais tinha mais de um palmo de altura.

— O Sr. Song me ligou algumas vezes na semana passada e me pediu para investigar os três bancos onde vocês viram meus rapazes naquela noite — disse ele, mostrando seu sorriso de um dente só. — Já faz um tempo que estou trabalhando nisso, mas, quando vocês vieram até aqui, eu ainda não tinha reunido todas as peças do quebra-cabeça. Agora, tenho o que mostrar a vocês. Essas três pilhas registram os depósitos e retiradas que o Sr. Min Fu-Hok fez nos últimos seis meses. Algumas quantias são bem altas. Vocês vão ter que contratar alguém que entenda tudo isso. Acho que tem bastante coisa aqui para mantê-los ocupados por um bom tempo.

Os três se entreolharam, perplexos ao verem como as coisas eram descobertas em Chinatown.

— Quanto devemos pelo serviço? — perguntou Samuel.

Jimmy balançou a cabeça.

— Isso fica entre mim e o Sr. Song. Vou entregar o que tenho hoje à tarde.

Depois de se despedirem do contador, Samuel, Barry e Melody foram caminhando pela Cooper Alley.

— Ainda precisamos das informações do Bank of America — disse Samuel. — Acho que vou me arrepender disso, mas precisarei da ajuda do meu velho amigo de faculdade Charles Perkins.

— Não conte ao Sr. Song — falou Melody. — Ele não vai gostar de saber que esse homem está ajudando na investigação. Lembre-se de que ele apreendeu os vasos do Sr. Song quando o senhor estava trabalhando em seu primeiro caso.

— Em algum momento vou ter que contar a ele, porque Perkins é a única pessoa que conheço que pode conseguir essas informações legalmente sem precisar de um mandado. Se descobrirmos alguma coisa, o Sr. Song vai ter que compreender minha atitude e vai ter que lidar com Perkins, querendo ou não.

— Acho que ele vai deixar o senhor lidar com Perkins. O que mais podemos fazer agora?

— Temos que marcar mais um encontro com o Sr. Song depois que ele avaliar o que conseguimos até aqui — respondeu Barry.

— Mas, primeiro, deixe-me ver se podemos contar com Perkins — interpôs Samuel. — Se ele ajudar, então apresentamos a ele todas as nossas descobertas. Caso contrário, contamos ao Sr. Song o que descobrimos até aqui, e eu vou ter que arrumar outro modo de conseguir o que queremos no Bank of America.

* * *

Antes de tudo, Samuel precisava encontrar um jeito de abordar Perkins. O procurador-assistente da Procuradoria-Geral dos Estados Unidos ainda estava furioso com ele por ter publicado matérias sobre um contrabandista de armas da Palestina sem a sua autorização. Desde então, o advogado vinha se recusando a atender os telefonemas do amigo. Samuel achava que fizera bem em publicar os artigos, pois tinha feito todo o trabalho para descobrir a verdade sobre o assassino palestino. Mas isso não o ajudava muito agora.

Samuel decidiu ficar em frente ao edifício da Procuradoria-Geral junto com Barry, esperando Perkins sair do trabalho, o que normalmente acontecia por volta das cinco e meia. Os dois chegaram pouco antes das cinco, para o caso de ele sair mais cedo. Quando Perkins empurrou a porta às cinco e meia e saiu do prédio, Samuel o chamou.

— Charles, a gente precisa conversar. Trouxe um amigo que pode dar a você uma versão imparcial do que estamos fazendo e explicar como precisamos da sua ajuda. Você pode até conseguir uma boa divulgação. — Ele riu consigo mesmo ao acrescentar essa última frase, sabendo que ela iria chamar a atenção de Perkins.

— Você é um filho da puta, Samuel — rebateu o advogado. — Fiquei feliz quando você foi demitido, seu idiota.

— Eu sei que você está irritado comigo, Charles, mas pelo menos ouça o que temos a dizer.

— Depois do que você fez comigo, nunca mais vou confiar em você, seu ganancioso. — Perkins, que usava o terno azul desbotado de sempre, estava vermelho de raiva. — Você só pensa em si mesmo, nunca nos amigos. — Samuel viu que não adiantava argumentar. Ao mesmo tempo, sabia que o amigo ainda falava com ele porque jamais dispensaria uma chance de ganhar alguma notoriedade.

— Só escute o que a gente tem a dizer — implorou Samuel.

— Você não entende. Eu dei uma ordem a você. Botei as pessoas do caso na sua mão, e a única coisa que pedi em troca foi que você esperasse minha permissão antes de divulgar o que tinha descoberto. Mas não, você e a porra do seu ego tinham que sair contando para todo mundo que a bomba estava com Israel. Seu merda! Jurei nunca mais falar com você.

Apesar do que Perkins dizia, Samuel podia ver em seus olhos que ele estava curioso para ouvir mais.

— Mas o que você quer, afinal? — perguntou Perkins.

— Barry pode contar melhor do que eu — respondeu Samuel.

Ele já tinha dito a Barry que não tocasse no nome do Sr. Song e só contasse a Perkins que as provas mostravam que Min Fu-Hok estava envolvido até o pescoço em atividades potencialmente ilegais que poderiam implicar crime federal. Seguindo as instruções de Samuel, Barry explicou que eles precisavam de acesso às contas de Min Fu-Hok no Bank of America, para ver se ele estava escondendo dinheiro sujo.

— O que vocês querem dizer com dinheiro sujo? — perguntou Perkins, agora com interesse.

— Queremos dizer que, aparentemente, ele botou a mão em muita grana que veio ilegalmente do Extremo Oriente, mas ainda não conseguimos rastrear as fontes — disse Barry. — Precisamos de sua ajuda para descobrir de onde a grana está vindo. Posso garantir que é uma nota preta.

— O que você quer dizer com nota preta? — perguntou Perkins.

— Milhões.

Perkins arregalou os olhos, e, naquele instante, Samuel teve certeza de que o haviam fisgado. Aquele era o tipo de jogo que Perkins gostava de jogar.

— E o que eu ganho com isso? — quis saber o procurador--assistente.

— Você vai pegar um criminoso que conseguiu escapar do sistema judiciário de São Francisco — disse Barry.

Perkins permaneceu em silêncio, mas Samuel percebeu que ele tinha gostado da ideia.

— Venham ao meu escritório amanhã às dez. Vou ver o que posso fazer. — Ele se virou bruscamente, sem dizer tchau, e foi embora pela Seventh Street.

Samuel e Barry ficaram ali. Olharam um para a cara do outro e sorriram.

— Obrigado por me ajudar com ele — disse Samuel. — Você falou tudo certinho. Ele estava tão puto comigo que, se eu fizesse o pedido, não iria topar.

— Você deve conhecê-lo muito bem.

— Muito bem mesmo. Posso pagar um jantar para você?

— Par ou ímpar para ver quem paga — respondeu Barry, sabendo que, de um jeito ou de outro, eles iriam comer em Chinatown.

* * *

Na manhã seguinte, Samuel e Barry ficaram sentados por dez minutos na sala de espera do escritório de Perkins antes de serem convidados a entrar. Dentro da sala, Samuel viu que as coisas não tinham mudado muito desde sua última visita. Caixas repletas de processos encerrados empilhavam-se contra as paredes, e a mesa estava, como sempre, cheia de papéis, com apenas um pequeno espaço entalhado no meio deles, onde o advogado podia esticar as pernas enquanto lia o jornal matutino. Perkins vestia o mesmo terno desbotado do dia anterior, mas tinha enfeitado sua indumentária com uma camisa amarela e uma gravata vermelha chamativa.

Ele pousou a xícara de café e indicou as duas cadeiras em frente à mesa para suas visitas.

— Decidi ajudar vocês nessa investigação. Mas, antes disso, e à luz de nosso último desentendimento, preparei um pequeno contrato para vocês assinarem. — Ele entregou um documento de quinze páginas redigido em letras minúsculas para cada um.

Samuel passou os olhos pelo acordo.

— Espere aí! — exclamou ele, chocado com o que acabava de ler. — Você é uma autoridade pública. Estou fazendo uma denúncia e dando a você a oportunidade de investigá-la, talvez até de conseguir uma condenação, e você nos trata como se nós fôssemos os criminosos? Qual é o seu problema?

O rosto de Perkins ficou vermelho e ele cruzou os braços, desafiador.

— Vocês querem minha ajuda ou não?

— Depende do preço que vamos ter que pagar.

— Assine a porra do contrato.

— Sem chance — vociferou Samuel, já se levantando. — Vamos, Barry, vamos embora daqui.

Quando os dois chegaram à porta, Perkins se levantou.

— Esperem. Voltem aqui e se sentem — pediu ele, enxugando as mãos suadas nas calças brilhosas. — Vou ajudar vocês. Quero saber o que descobriram até agora.

* * *

Naquela noite, depois do trabalho, Samuel foi até o Camelot para ver Blanche e tomar um drinque com Melba. Como a filha ainda não tinha chegado, ele se sentou à mesa com a mãe, que fumava um cigarro e bebia cerveja na Távola Redonda.

— Você parece triste — comentou Samuel. — O que aconteceu?

— Eu podia dizer que estou naqueles dias, mas, para mim, isso é coisa do passado. — Ela riu, mas Samuel notou um tom de tristeza.

— Não, é sério — disse Samuel enquanto Excalibur se esfregava em suas pernas em busca do presentinho de sempre. — O que houve?

— Acabei de perder duas irmãs que eram muito próximas de mim.

— Você está dizendo que as duas morreram?

— É, aquela doença que começa com C. E elas eram mais novas que eu.

— A gente nunca sabe quando vai chegar a nossa hora.

— Pois é — lamentou ela, com um sorriso abatido. — Acho incrível que a minha ainda não tenha chegado.

— Você está deprimida. Posso fazer alguma coisa para ajudar?

— Não. Você sabe como é. Só tenho que levantar a cabeça e seguir em frente.

Samuel assentiu, compreensivo, e fez carinho no local onde estaria a orelha de Excalibur.

— Só me distraia — pediu ela. — Conte o que anda acontecendo no seu mundo.

— É complicado. Na verdade, tenho muito para contar. Mas as coisas que vou revelar não podem sair dessa mesa, certo? É um assunto muito delicado.

Melba ergueu o queixo, indignada.

— E eu por acaso já...? — começou ela, e seu rosto foi ficando vermelho.

Samuel ergueu a mão, como se quisesse deter uma tempestade.

— Eu sei, eu sei, desculpe — falou ele. — É só que passei uma manhã muito difícil com Charles Perkins. Antes de cooperar com a gente, ele me botou contra a parede.

Samuel então explicou a situação com o Sr. Song e o que eles tinham descoberto sobre os negócios do milionário chinês e suas contas secretas.

— O problema é que sabemos que ele escondeu dinheiro em algum lugar, mas não sabemos onde procurar.

Nesse momento, Blanche entrou pela porta dos fundos e os cumprimentou com um assobio e um aceno. Seu rosto estava rosado, como se ela tivesse corrido. Samuel pulou da cadeira.

— Já volto, Melba. — Ele saiu andando até os fundos do bar e abraçou Blanche.

— Oi, bonitão — cumprimentou ela, dando um beijo entusiasmado nos lábios dele. — Sentiu minha falta? Faz mais de uma semana que não nos vemos.

— Seu corpo está quente. Veio correndo de casa até aqui?

— Claro que sim. Levei só quarenta minutos.

Samuel a segurou diante dele e a olhou, admirado. O casaco branco estava molhado de suor, mas, mesmo assim, ela exalava um aroma doce.

— A gente se vê mais tarde, depois do trabalho?

— Amanhã é melhor. É meu dia de folga. Podemos fazer comida vegetariana na sua casa e depois pegar um cinema. O que acha?

— Ótimo. Que horas?

— Passo lá às seis, e aí podemos fazer compras na Stockton Street.

Samuel assentiu, e ela se virou para dar uma olhada no bar.

— Tem um monte de gente com sede aqui. É melhor eu ir trabalhar. Você falou com mamãe? Ela está meio mal.

— Percebi. Tentei distraí-la com minhas intrigas. Vamos ver se ajuda.

— Então a gente se vê amanhã, bonitão. Não vá chegar muito tarde e me deixar esperando na escada.

Blanche o beijou, dessa vez com delicadeza, e ele voltou para a Távola Redonda.

Samuel se surpreendeu ao ver que o humor de Melba tinha mudado. De repente, ela parecia animada.

— Estive pensando... Tenho uma pista — disse ela, sorrindo e batendo as cinzas do cigarro no cinzeiro.

— Assim, do nada? E qual é?

— Descubra o que a esposa de Min Fu-Hok faz nas horas vagas.

Coisas que você só descobre
com um cafetão

NÃO FOI IDEIA MINHA, pensava Samuel a bordo da linha F rumo a East Bay, mas ele tinha que admitir que era um plano muito criativo e que era preciso seguir todas as pistas.

Depois de descer em Emeryville, ele pegou o ônibus AC para a San Pablo Avenue e seguiu o caminho até o endereço que Bernardi lhe dera. Por fim, subiu os degraus frágeis de uma casinha vitoriana. No passado, aquela construção devia ter sido motivo de orgulho e alegria para a classe trabalhadora, mas agora, com a tinta descascando, era só mais uma casa caindo aos pedaços em um bairro que ficava cada dia mais decadente conforme a população negra vinha de West Oakland para o centro da cidade.

Ele bateu à porta. Nenhuma resposta. Bateu de novo, dessa vez com mais força. Só na terceira tentativa ele viu uma mãozinha puxando a cortina de renda suja que cobria a janelinha no meio da porta. Depois de um instante, a porta se abriu devagar, e uma moça negra e magra de uns 20 anos surgiu diante de Samuel. Estava de camiseta vermelha e calça jeans e usava sapatilhas pretas.

— Pois não, o que o senhor deseja?

— Vim ver George.

— Espere um minuto — respondeu a moça, fechando a porta.

De pé na varanda, Samuel observou as pessoas passando na rua e percebeu que era o único branco no quarteirão.

Alguns minutos depois, a moça abriu a porta mais uma vez.

— O que o senhor quer?

— Bernardi pediu que eu viesse até aqui.

Ela ia fechar a porta de novo, mas Samuel enfiou o pé na abertura.

— Olha só, se eu tiver que esperar, prefiro fazer isso aí dentro.

— Tudo bem — cedeu ela, de má vontade. — Fique ali.

Ela apontou para uma salinha ao lado do hall de entrada. Samuel obedeceu e, depois de uma rápida olhada pelas janelas sujas, que tinham as mesmas cortinas de renda da porta, embora menos gastas, ele se sentou no sofá de veludo azul esfarrapado e passou os olhos pelas revistas surradas da mesinha de centro. Era uma coleção de edições da *Life* e da *Ebony*, todas de muitos anos atrás. Ele pegou a *Life* de 9 de novembro de 1959, com a foto de Marilyn Monroe na capa. Ela usava um vestido preto e saltava no ar, as pernas dobradas para trás. Estava de costas para a câmera, mas tinha se virado para sorrir por cima dos ombros. Samuel pensou na morte dela, ocorrida no ano anterior, provavelmente suicídio. Ele se acomodou no sofá e foi passando as páginas, admirando os novos modelos de automóveis lançados em 1960.

Enquanto esperava, sozinho, várias moças de diferentes tons de pele passaram pela salinha para dar uma olhada nele. Depois de meia hora, quando já estava quase desistindo, entrou na sala um negro alto, com uma cicatriz horrenda no rosto. Ele usava um terno preto, camisa de seda verde, botas de couro de crocodilo e o maior medalhão de ouro que Samuel já tinha visto no pescoço de alguém. O repórter tinha certeza de que o homem usava o terno preto com a intenção de parecer ameaçador. Isso sem falar da cicatriz. E funcionava. Aquele era um cara que ninguém gostaria de encontrar em lugar algum, de dia ou à noite.

— Eu sou George — apresentou-se o homem. — O que Bernardi quer?

— Acho que é o de sempre — respondeu Samuel, levantando-se para se apresentar e apertar a mão enorme do anfitrião. — Estamos procurando um homem mais ou menos da minha altura. — Baseava sua estimativa no que tinha ouvido do casal japonês do mercado de flores. — E ele manca, ou pelo menos mancava.

— Você não tem mais nada?

— Sabemos que ele estava vestido de preto e usava uma peruca loira.

George abriu um sorriso.

— Escuta só. Tem uns caras que usam minhas garotas e às vezes aparecem vestidos com todo tipo de fantasia. Não sei por que eles fazem isso, pois chamam mais atenção do que qualquer outra coisa. Cabelos loiros e roupas pretas não querem dizer merda nenhuma. Mas mancar não é algo que as pessoas consigam fingir por muito tempo, então pode ser uma boa dica.

Nesse momento, uma mulher negra e linda entrou na sala com um cabide de arame nas mãos. Lágrimas corriam por seu rosto. Seu cabelo liso, exceto pelas raízes, que eram crespas, estava todo bagunçado.

— Andei pensando... Você tem razão, George — disse ela. — Eu preciso mesmo de umas porradas. — E entregou o cabide para ele.

O homem olhou para ela em silêncio durante alguns segundos.

— Certo. Vá para o seu quarto. Encontro você assim que terminar aqui.

A garota se virou e saiu. George continuou parado no meio da sala, brincando com o pedaço de arame, batendo-o de leve na palma da mão. Samuel ficou olhando, tentando entender o que estava acontecendo, mas tinha certeza de que era melhor não perguntar.

— Essas malditas piranhas — praguejou George. — Às vezes saem da linha, e eu tenho que dar uma lição nelas. Sempre fazem um dramalhão. Mas, quando se acalmam, voltam e pedem mais.

— Todas elas são novas assim? — perguntou Samuel.

— Nem todas, mas são mais jovens do que você imagina. Acho que não tiveram bons pais na infância. — George deu uma risada. — Aí elas vêm com o papai aqui receber o que acham que merecem.

— Imagino.

— Mas vamos voltar aos nossos negócios. Bernardi sabe que eu não trabalho de graça, e você também deve saber.

— Eu sei. Ele me disse que vai pagar bem por qualquer informação que você tenha para nós.

— Ok. — George, se refestelou em uma enorme poltrona ao lado do sofá. — Fique frio aí, Samuel. Preciso remoer minhas ideias.

Samuel assentiu e aguardou.

— O que mais chama atenção é o cara mancar — disse George depois de uns minutos. — Sei de um sujeito que gosta muito das minhas meninas. Ele exagera com elas de vez em quando, então já tivemos que bater um papinho sobre isso uma vez. Pelo que me lembro, é o único que se encaixa em sua descrição. É aqui da área, já fez umas merdas. Cobra para fazer uns serviços sujos de vez em quando. Até passou um tempo em cana e acabou sendo pego.

— Você sabe se ele já matou alguém?

— Não é isso que estou dizendo. Sei que já deu umas surras em quem não paga em dia e que, como falei, andou exagerando com umas meninas daqui.

— Quem é esse cara? Onde posso encontrá-lo?

— Está muito apressadinho, Samuel. Bernardi tem que me fazer uma visitinha primeiro, e eu tenho que ver umas verdinhas na minha mão. — O cafetão riu novamente. — Só quero que saiba que o George aqui pode ter uma notícia quente para ele. Aí, quando do Bernardi vier com cem pratas, a gente conversa mais.

— Eu não posso trazer a grana e ouvir a informação?

— Não, senhor. Gosto de olhar nos olhos de Bernardi quando estou dando informação. E gosto que ele me pague pessoalmente. Assim, sei que ele vai manter as coisas entre nós.

— A garota que abriu a porta não vai lembrar que eu mencionei o nome de Bernardi?

— Ela nem sabe quem é Bernardi, e eu nem preciso dizer a ninguém aqui que deve ficar de bico fechado sobre a sua visita. — George se levantou. — Agora, se você não estiver interessado nas minhas meninas, tenho que cuidar de umas coisinhas...

— Acho que não hoje — disse Samuel. — De qualquer forma, obrigado. Bernardi vai fazer contato em breve. Ele vai gostar de saber que você tem algo para ele.

Conklin paga o preço

O ESCRITÓRIO DA PROCURADORIA ESTAVA agitado com os preparativos do caso Conklin Chemicals. O Grande Júri tinha reaberto as acusações contra Conklin por homicídio culposo na morte de Carlos Sanchez, por esconder intencionalmente uma testemunhachave e por interferir na investigação policial.

Quando Conklin, acompanhado de três advogados, compareceu ao tribunal para se defender, Samuel estava na sala de audiências e fez questão de que o homem visse seu rosto risonho. Depois de ter sido demitido por escrever a matéria acusando o empresário de esconder testemunhas — a qual Conklin havia chamado de caluniosa —, Samuel se sentia vingado. Embora ele próprio tivesse encontrado a testemunha, o repórter não se surpreendeu nem um pouco ao ouvir Conklin se declarar inocente. O réu sabia que as provas contra ele eram esmagadoras e queria ganhar tempo para pedir uma redução da sentença.

Durante a audiência, Samuel reviveu algumas imagens horríveis daquele dia trágico. Ele se lembrou do corpo de Carlos deitado no chão, coberto por aquela substância tóxica, e das descrições vívidas que Sambaguita Poliscarpio fizera em seu depoimento, contando como tinha sido aterrorizante ficar preso no lodo no fundo do tanque, respirando os gases tóxicos apesar das máscaras de oxigênio, que não funcionavam.

Samuel estava feliz pela família Sanchez, pois era ela quem tinha sofrido grande parte do peso da tragédia e da injustiça pela demora no julgamento. Ele fazia questão de que a família estivesse bem-representada e, por isso, indicou para o caso um advogado amigo seu, Janak Marachak, que já tinha cuidado de outras pessoas que haviam sido afetadas pelo uso negligente — e às vezes imprudente — de produtos químicos. Depois da audiência, Samuel ligou para Janak para contar a ele o que tinha acontecido no tribunal.

— Conklin declarou inocência e vai ser julgado por todas as acusações. O processo vai ser bem rápido agora.

— Fico feliz com a notícia — disse Janak. — Cheguei a um acordo com alguns dos réus indiretos, então a família de Carlos e até mesmo Roberto serão parcialmente indenizados pela merda que Conklin fez.

— Bom saber. Quem falta processar?

— A Conklin Chemicals e o próprio Conklin. Embora a compensação por acidente de trabalho seja o único recurso aos trabalhadores previsto nas leis da Califórnia, os réus podem ser processados segundo o código de leis trabalhistas.

— Como isso funciona? — quis saber Samuel.

— Existe uma exceção na lei — explicou Janak. — Se o empregador intencionalmente prejudicar o empregado, ele pode ser processado. O problema nesse negócio todo é que, se a Conklin Chemicals ou Conklin em pessoa forem considerados responsáveis pela morte de Carlos e pelos danos à saúde de Roberto, não haverá cobertura do seguro. Mas, como adiaram o julgamento, não consegui descobrir quais são os bens de Conklin e onde eles estão.

— Por que não?

— Como ele é suspeito de um crime, eu não consigo descobrir nenhuma informação sobre ele ou seus bens. A lei está do lado dele. Não vou conseguir saber nada antes do julgamento. Tenho certeza de que o sujeito já se livrou da maioria de seus bens. Por outro lado, tem uma doutrina jurídica que diz que você não pode fraudar credores. Se conseguirmos provar que ele se livrou dos bens intencionalmente durante o processo, poderemos recuperá-los.

— Não vai ser nada fácil. Pode ser que a gente nunca saiba o que ele tem nem onde escondeu. Não estamos lidando com um cara inocente.

— Não há muito o que fazer. Só podemos esperar o julgamento para, aí sim, pôr ordem nessa bagunça.

* * *

Afinal, a família Sanchez não teve que esperar muito. Dois dias depois do encontro com Janak, Samuel recebeu um telefonema de uma de suas fontes e correu para o local do acidente na ponte da baía de São Francisco. Já passava da meia-noite.

No dia seguinte, ele conseguiu emplacar a manchete no jornal vespertino:

Executivo da indústria química
morre em acidente com explosão

Chad Conklin, conhecido executivo da indústria química que aguardava julgamento pela morte de um de seus funcionários, faleceu em um incêndio nas primeiras horas desta madrugada, quando seu Mercedes Benz esportivo bateu contra um caminhão de reboque que tinha parado atrás de um veículo enguiçado sobre a ponte da baía. Não houve outras vítimas. A Polícia Rodoviária da Califórnia sugeriu que a causa provável do acidente foi falha no sistema de frenagem.

De manhã bem cedo, antes mesmo de o jornal ir para a gráfica, Janak recebeu uma ligação de Samuel dizendo que Conklin tinha morrido em um acidente e que a Polícia Rodoviária da Califórnia e o Departamento de Polícia de São Francisco estavam conduzindo uma investigação para determinar se havia algo estranho no caso.

Quando Janak desligou o telefone, não perdeu nem um minuto.

— É melhor você pedir a Roberto Sanchez que venha até aqui, e rápido — disse ele à secretária, Marisol Leiva, que era namorada de Bernardi. Justamente por isso, Janak relembrou a ela que tudo o que acontecia naquele escritório de advocacia devia ficar ali dentro.

No dia seguinte, Roberto já estava esperando por Janak quando ele chegou ao escritório, no terceiro andar de um prédio pequeno com vista para um restaurante chinês. O rapaz não tinha conseguido recuperar o peso que perdera desde o acidente na Conklin Chemicals e ainda tinha problemas respiratórios, mas já havia voltado ao trabalho. Roberto cumprimentou o advogado com um sopro de voz, mas estava de bom humor. Os dois apertaram as mãos.

— Como está se sentindo? — perguntou Janak.

— Estou indo. As coisas melhoraram bastante desde que saí da indústria química.

— Escute, tenho uma má notícia. Chad Conklin, o dono da empresa onde você sofreu o acidente, morreu há duas noites. Isso não é nada bom para o nosso caso. Tentei entrar em contato com a esposa do seu primo, mas ninguém atende no número de telefone que eu tenho. Você sabe se ela se mudou?

— Ela está visitando um dos nossos tios na Cidade do México — respondeu Roberto. — Vai voltar semana que vem. Cancelou o telefone para economizar um pouco. Mas já contei a ela sobre a morte do Sr. Conklin — acrescentou ele, ajeitando-se na cadeira em frente à mesa de Janak. Estava sentado com a coluna bem ereta, mas parecia relaxado.

— Então você já sabia? — perguntou Janak, surpreso.

— *Sí, señor*, lá no lugar onde eu trabalho agora, meu chefe me mostrou o jornal e me explicou.

— Onde você trabalha agora, Roberto?

— Na concessionária da Mercedes Benz em Oakland.

— Onde? — Janak pareceu assustado.

— Na concessionária da Mercedes — repetiu Roberto, olhando nos olhos de Janak.

— Não é lá que Chad Conklin consertava o carro? — perguntou Janak, analisando o cliente.

— É o que dizem.

Janak olhou pela janela para a Second Street, girando um lápis entre os dedos bem devagar. Depois de um longo silêncio, ele se virou para Roberto mais uma vez.

— Acho que chegou a hora de você voltar para o México.

— *Sí, señor.* Hora de voltar para casa.

Roberto e Janak se levantaram e se despediram. Quando Roberto já estava de saída, Janak abriu um sorriso.

— Às vezes a vida funciona de um jeito estranho.

— *Sí, señor.* Às vezes coisas inesperadas acontecem.

* * *

Enquanto Roberto saía do escritório de Janak, Samuel e Bernardi estavam na sala do detetive repassando tudo o que sabiam.

— Os mecânicos da perícia analisaram o que sobrou do carro e parece que o freio falhou mesmo — disse Bernardi.

— Você está querendo dizer que alguém sabotou os freios?

— Eles não podem afirmar com certeza, mas me mostraram um cabo hidráulico solto. Não estava cortado nem nada, mas havia se soltado e estava pendurado. E não tinha mais fluido de freio no sistema de frenagem.

— Eles colheram alguma impressão digital?

— Estava tudo queimado. Descobrimos onde Conklin fazia as revisões do carro e, em seguida, ligamos para a concessionária da Mercedes Benz em Oakland, para verificarmos os registros de conserto. Dá uma olhada nisso. — Bernardi mostrou uma fatura a Samuel. — Está dizendo aqui que, há alguns dias, Conklin levou o carro à concessionária para fazer a revisão dos dez mil quilômetros. Agora, veja os itens marcados. Tem um visto no item "freios".

— Você perguntou o que eles fazem normalmente? — indagou Samuel.

— Perguntei. Eles checam todas as conexões e verificam se o nível do fluido de freio está adequado. Veja aqui. — Ele apontou. — Disseram que estava tudo certo.

— Você descobriu quem foi o mecânico que cuidou do carro?

— Descobri — respondeu Bernardi —, mas isso nem é o mais importante. Olha só quem recebeu o carro na concessionária: Roberto Sanchez.

— Espera aí. — Os olhos de Samuel se arregalaram. — O mesmo Roberto Sanchez que trabalhava para Conklin? Não acredito.

— Ainda não temos certeza. Mas sabemos que Sanchez não trabalha mais na Conklin Chemicals.

— E a concessionária? Vocês perguntaram se eles sabem de alguma coisa?

— Perguntamos se Sanchez trabalhava na Conklin Chemicals, e eles disseram que sim. Então falamos que queríamos conversar com ele. Disseram que o sujeito não foi trabalhar nos últimos dias.

— Ele é o mecânico que trabalhou no carro?

— Sem chance. Só os alemães mexem nos carros da Mercedes. Mas aposto que ele estava perto o suficiente para causar algum estrago no carro, se quisesse.

— Parece que temos que fazer uma visitinha a Janak, não é mesmo? — disse Samuel.

* * *

Na manhã seguinte, Samuel e Bernardi estavam no novo escritório de Janak, para o qual ele tinha se mudado havia pouco tempo.

O elevador abriu direto na recepção. Marisol, a namorada de Bernardi, os recebeu com cortesia. Naquela manhã, o papel dela era outro: o de secretária de Marachak.

— Senhores, o Sr. Marachak os aguarda — anunciou ela com um sorriso profissional. Marisol sem dúvida já tinha dito ao advogado que Samuel e Bernardi iriam até ali. — Acompanhem-me.

Bernardi logo tomou as rédeas da conversa.

— Olá, Sr. Marachak. Faz tempo que não nos vemos.

— É bom reencontrá-lo, tenente. Como vão as coisas?

— Já tive dias melhores.

— Obrigado pela informação a respeito de Conklin naquele dia, Samuel — disse Janak. — Agradeço muito.

— Aliás, é por isso mesmo que viemos aqui — interpôs Bernardi. — Estamos procurando seu cliente, o Sr. Roberto Sanchez.

— Sim, entendi o que vocês queriam quando Samuel me ligou ontem. Querem uma xícara de café?

— Não, obrigado — responderam eles, sentando-se enquanto Janak fechava a porta de sua sala espaçosa, localizada no terceiro andar. Pendurada na porta, uma grossa placa prateada com letras douradas informava sua profissão de advogado.

Impassível, Janak ouviu as perguntas de Bernardi sobre Roberto Sanchez, girando um lápis entre o polegar e o indicador. O detetive resumiu o que tinham ouvido dos peritos criminais e também dos investigadores da Polícia Rodoviária. E explicou por que era necessário falar com Roberto. Quando Bernardi terminou de falar, a sala ficou em silêncio.

— Não posso ajudá-los com o Sr. Sanchez — disse Janak, por fim. — Qualquer coisa que eu porventura saiba sobre seu paradeiro é confidencial. Está tudo protegido pelas prerrogativas que regem as relações entre advogado e cliente. Então minha boca é um túmulo.

— Você entende que estamos tratando de uma investigação de homicídio, não?

— Não me interessa o tipo de investigação. Sem permissão do meu cliente, não posso dar nenhuma informação a vocês ou a qualquer outra pessoa, sob qualquer circunstância.

— Corta essa — insistiu Bernardi.

Samuel abriu um leve sorriso. Ele sabia que não adiantaria insistir. Janak balançou a cabeça.

— De jeito nenhum.

— Então teremos que intimá-lo a comparecer perante o Grande Júri — disse Bernardi, agora com o rosto vermelho e trêmulo de raiva.

— Não importa — disse Janak. — A conversa sobre o meu cliente acaba aqui. Em todo caso, há muitas outras possibilidades, vocês não acham? A esposa do cara foi assassinada por uma ou várias pessoas que ainda não foram identificadas, e talvez haja uma ligação entre o que aconteceu com ela e o que acabou de acontecer com ele.

— Pode ser — admitiu Bernardi. — Vamos explorar todas essas possibilidades. Mas, como policial, tenho que começar de algum lugar, e meu primeiro passo é investigar o fato de o seu cliente trabalhar na mesma concessionária que fez uma revisão no carro da vítima. Com ou sem a sua ajuda.

— Definitivamente será sem a minha ajuda — disse Janak. Ele se levantou, fechou o rosto e se despediu das visitas.

Justiça em Chinatown

OS MAIS ANTIGOS E distintos membros da comunidade chinesa se amontoavam em fileiras de cadeiras dobráveis na sala dos fundos da lojinha de ervas do Sr. Song. O anfitrião usava uma túnica e um chapeuzinho, ambos de seda preta. Como sempre, sua roupa contrastava com a pele branca e os olhos avermelhados, que pareciam aumentados pelas lentes de seus óculos, dando-lhe a impressão de um ser sobrenatural.

Ele estava sentado a uma mesa também coberta de seda preta em cima de uma plataforma. Diante do Sr. Song, em outra mesa, estava Min Fu-Hok, que fora sequestrado e agora era mantido em um local secreto. Ao seu lado, dois executivos chineses de ternos caros faziam o papel de advogados. Atrás de uma terceira mesa estavam três senhores usando vestes tradicionais chinesas, além de Barry Fong-Torres, que havia assumido a função de investigador--chefe no tribunal do Sr. Song.

Samuel e Melody sentaram-se na última fileira. A sala estava repleta de cidadãos de Chinatown, inclusive os familiares das vinte e duas vítimas que morreram após ingerirem a água envenenada da Companhia de Água Mineral Botão de Flor.

O Sr. Song levantou a mão, e o burburinho da plateia cessou. Seus olhos percorreram todos os presentes; em seguida, ele respirou fundo e começou a falar. Melody traduzia tudo para Samuel. O Sr. Song disse que Min Fu-Hok fora convocado para responder pelos crimes que havia cometido contra o povo de Chinatown e que não tinham sido punidos pelo sistema judiciário americano. Portanto, era responsabilidade do tribunal examinar as atitudes do réu e decidir um veredito apropriado — culpado ou inocente. O Sr. Song deixou claro que Min Fu-Hok estava ali contra vontade própria e que, se tentasse fugir, seria forçado a voltar para ouvir as provas e a sentença do tribunal.

— Sr. Min Fu-Hok, agora vou explicar ao senhor por que este tribunal se fez necessário. O sistema judiciário americano o julgou pela morte de uma única pessoa, mas, segundo as provas que reunimos e que o senhor poderá avaliar, e até refutar, se quiser, vinte e duas pessoas morreram em decorrência de sua conduta. O senhor tem de responder por essas mortes. Deseja fazer alguma pergunta antes de começarmos?

Min Fu-Hok levantou-se e se dirigiu ao Sr. Song.

— Todos nós estamos nos Estados Unidos da América, inclusive o senhor, honroso juiz disso que chamam de tribunal. Quando o senhor e os demais presentes nesta sala, que agora me acusam da morte de todas essas pessoas, se tornaram residentes ou cidadãos deste grande país, juraram se submeter às leis americanas. Eu já fui julgado pelas leis deste estado. Recebi a sentença e concordei em pagar uma multa. Essa foi a minha punição. O que os senhores estão fazendo é extrajudicial e, francamente, vai contra as leis sob as quais os senhores concordaram em viver.

Samuel deu uma risada ao ouvir a resposta de Min Fu-Hok.

— Segundo Samuel Johnson, o patriotismo é o último refúgio dos canalhas — cochichou ele para Melody.

O Sr. Song encarou Min Fu-Hok com uma expressão impassível no rosto.

— Este tribunal irá determinar se o senhor viveu sob essas leis ou se tentou subvertê-las por meios ilegais. Se eu decidir que o senhor de fato obedecia às leis, estará livre. Em primeiro lugar, vamos analisar as provas. Sr. Fong-Torres, eu pedi ao senhor que reunisse as certidões de óbito dos vinte e dois mortos. E o senhor assim o fez, não?

— Sim, Sr. Song, eu as reuni e as apresentei ao senhor.

— Com exceção da certidão da Sra. Chow, todas elas indicavam que a pessoa faleceu de causas naturais. Correto?

— Sim, Sr. Song.

— Também pedi que o senhor fizesse análises laboratoriais em amostras de cabelo dessas vinte e uma pessoas, não pedi?

— Sim, Sr. Song. Antes das cremações, todas as famílias guardaram mechas de cabelo de seus parentes como recordação. E as amostras de todas as vinte e uma vítimas estavam contaminadas com arsênico, assim como a água da Companhia de Água Mineral Botão de Flor.

— O senhor pode ver as cópias de todos esses testes de laboratório se quiser — disse o Sr. Song a Min Fu-Hok, que não quis responder. Seus advogados também permaneceram em silêncio, e o envelope ficou intacto sobre a mesa. — O senhor gostaria de contestar as conclusões desses relatórios? — perguntou o Sr. Song.

Silêncio.

— Sr. Fong-Torres, é verdade que o senhor, atendendo meu pedido, obteve depoimentos de membros das vinte e uma famílias, os quais juraram que cada falecido havia bebido água da Botão de Flor em muitas ocasiões antes da morte?

— Sim, Sr. Song, aqui estão todos os depoimentos, em ordem alfabética pelo sobrenome — respondeu o investigador.

— O senhor fez uma cópia extra desses depoimentos? — perguntou o juiz.

— Sim, senhor, eu fiz.

— O senhor pode, por favor, passar essas cópias para o Sr. Min?

— Discordo de tudo o que está acontecendo neste tribunal — contestou Min Fu-Hok, vermelho de raiva.

— Suas palavras não são o bastante — disse o Sr. Song, tirando os óculos de lentes grossas. — O senhor gostaria de apresentar provas concretas do que diz?

Min Fu-Hok não respondeu, e o Sr. Song aguardou mais de um minuto para prosseguir. Ele colocou os óculos de volta e olhou para a próxima página repleta de escritos chineses diante de si.

— Muito bem. A seguir, vamos analisar os aspectos financeiros do caso. Atendendo ao pedido do meu investigador, o contador Sr. Jimmy Shu examinou suas contas em diversos bancos de Chinatown. Ele descobriu depósitos de uma conta em um banco suíço pouco antes do início de seu julgamento. O senhor pode dizer a este tribunal qual era a finalidade desses depósitos?

Min Fu-Hok se levantou, agora com o rosto ainda mais vermelho.

— Não vou me rebaixar a ponto de discutir meus negócios financeiros neste tribunal. Não há absolutamente nenhuma prova de que essas transações tenham relação com os casos das pessoas mortas em Chinatown. Além disso, o senhor não tinha autorização para bisbilhotar minhas transações financeiras. Posso denunciá-lo à polícia! Isso é contra a lei desse estado.

— Parece que o senhor sabe muito sobre as leis desse estado e pouco sobre suas obrigações para com os cidadãos de Chinatown — respondeu o Sr. Song. — Se não nos disser qual era a finalidade dessas transações e para quem elas se destinavam, iremos presumir que serviam para esconder o dinheiro caso o senhor fosse condenado, ou para alguma outra atividade criminosa. Seu silêncio vai contra seus interesses.

— Não tenho mais nada a dizer — rebateu Min Fu-Hok. — Você está violando meus direitos de cidadão. Vou levar essa questão à Procuradoria-Geral, e meus advogados vão processar você.

Murmúrios irritados irromperam na plateia. Samuel, que estava ocupado tomando notas para sua matéria no jornal, inclinou-se e cochichou no ouvido de Melody:

— Não é uma boa ideia atacar o Sr. Song dentro deste tribunal, é?

— Realmente não.

— O Sr. Song parece estar acima dos insultos — comentou Samuel. — Tenho a impressão de que ele está em outro plano e que as pessoas o apoiam. É como se elas tivessem se rendido à sua visão, como se sentissem que só ele pode fazer justiça, uma justiça que foi negada a elas no sistema americano.

Quando a plateia se acalmou, o Sr. Song voltou a falar.

— Há outro assunto sobre o qual este tribunal gostaria de interrogá-lo. Sua esposa tem uma fábrica e uma loja de bonecas, ambas aparentemente muito bem-sucedidas. Soubemos que o senhor guarda grandes quantidades de ouro no porão da loja. É verdade?

Essa era nova para Samuel. Ele se lembrava de Melba ter lhe perguntado o que a esposa de Min Fu-Hok fazia. Cutucou Melody e pediu mais informações. A garota pôs o dedo diante dos lábios.

— Shhh. Eu conto tudo depois.

— Como se atreve a colocar minha esposa no meio disso? — indagou Min Fu-Hok, visivelmente furioso. — Ela não fez nada de errado, e suas acusações contra ela são difamatórias.

— O senhor deveria ter prestado atenção na minha pergunta, Sr. Min Fu-Hok — respondeu o Sr. Song. — Não estou acusando sua esposa de nada. Só estou perguntando ao senhor se escondeu ouro no porão da loja dela.

— Eu não tenho que responder a essa pergunta.

O Sr. Song levantou uma sobrancelha.

— Estamos tentando determinar se esse ouro foi usado para influenciar o resultado obtido no processo judicial. O senhor não quer responder à pergunta? Deve haver registros da quantidade de ouro de que dispunha antes e durante o julgamento. Nós gostaríamos de ver sua contabilidade.

Min Fu-Hok levantou-se mais uma vez e conversou com seus dois advogados. Depois de um longo e sussurrado debate, ele se voltou ao juiz.

— Eu não confirmei a alegação de que tenho ouro guardado debaixo da loja da minha mulher. Não posso mostrar a contabilidade de uma coisa que não existe. — Ele tornou a se sentar.

— Sr. Fong-Torres, no meio às suas provas, existe alguma declaração que contradiga o que esse homem está dizendo? — perguntou o Sr. Song.

— Sim, Sr. Song. Temos o depoimento de uma ex-funcionária, a Sra. Wuan, que afirma haver um cofre dentro do porão da loja da esposa do réu. Ela nos entregou um documento contábil que demonstra as quantias retiradas e também as datas das operações. Os dias correspondem ao período em que o réu esteve sob julgamento por homicídio. A testemunha agora está escondida e sob nossa proteção, para que nada venha a acontecer com ela.

— O senhor pode, por favor, entregar uma cópia desse depoimento ao Sr. Min Fu-Hok? — pediu o Sr. Song. — Anexe ao testemunho uma cópia do formulário de depósito, o qual demonstra que uma determinada quantidade de ouro foi transferida para o mesmo banco suíço para onde o senhor remetia valores de alguns bancos chineses. O senhor nega a existência dessa transação?

Em vez de responder a pergunta, Min Fu-Hok exibiu um ar desafiador.

— Eu questiono a legitimidade desse tribunal. Vocês invadiram minha privacidade e roubaram minhas propriedades. Eu vou embora daqui e vou relatar tudo às autoridades.

Ele e seus companheiros se levantaram para sair, mas cinco homens rapidamente bloquearam sua passagem formando uma muralha, dois na frente e três atrás, todos de braços cruzados.

— Vocês não podem fazer isso comigo! — gritou Min Fu-Hok.

Os dois homens da frente o viraram na direção da plataforma, onde o Sr. Song ainda estava sentado, observando tranquilamente a balbúrdia.

— Quando os senhores estiverem prontos, nós daremos prosseguimento à audiência — disse.

A plateia bateu palmas. Este era o dia de dar o troco, e o Sr. Song estava cobrando caro de Min Fu-Hok. Os dois homens levaram o prisioneiro de volta a seu assento. Os advogados do empresário chinês retornaram aos seus lugares. Eles sabiam que não adiantava atrapalhar as coisas.

Samuel escrevia sem parar em seu bloquinho de anotações.

— Onde o Sr. Song conseguiu todas essas informações? — perguntou ele a Melody. — Eu sabia das contas nos bancos chineses, mas isso é muito mais grave.

A garota pôs o dedo diante dos lábios mais uma vez.

— Depois da audiência eu conto tudo.

* * *

O Sr. Song ergueu a mão, e a plateia fez silêncio. Ele então se virou para Min Fu-Hok.

— Há algo que o senhor queira dizer a este tribunal ou às famílias que o acusam de ter provocado a morte de seus entes queridos?

De cara fechada, Min Fu-Hok não disse nada.

— Entenderei seu silêncio como um "não" — prosseguiu o Sr. Song. — O tribunal analisou as provas com todo o cuidado. Elas incluem um estudo da água usada pela Companhia de Água Mineral Botão de Flor, não apenas nas garrafas, mas também a que se encontrava nos tanques da fábrica. Ambas continham altos níveis de arsênico, um veneno. Nós também analisamos a água da fonte, o rio que passa no parque estadual Fort Ross, e descobrimos que ela possui a maior concentração de arsênico entre todas as fontes de água do estado da Califórnia. Conversamos com os funcionários, e descobrimos que eles juraram guardar segredo sobre como a água era obtida pela sua empresa. Além disso, soubemos que a água não passava por qualquer teste ou tratamento para neutralizar o alto grau de arsênico que continha. Também chegou ao nosso conhecimento que o senhor não a filtrava antes de engarrafá-la.

O Sr. Song olhou ao redor e viu sua audiência hipnotizada.

— E não é só isso — continuou ele. — As mechas de cabelo das vinte e uma pessoas que morreram e foram cremadas logo em seguida demonstraram que elas tinham em seu organismo arsênico suficiente para matá-las. Portanto, concluímos que foi exatamente isso que o arsênico presente na água engarrafada fez. Excluímos a morte da Sra. Chow deste julgamento, porque o senhor já foi julgado e condenado por esse crime. Portanto, o tribunal declara que o senhor é responsável por tirar a vida das outras vinte e uma pessoas. Esse é o meu julgamento. Amanhã, vou declarar a sua sentença. Até lá, o senhor vai permanecer sob a custódia desse tribunal, em um local secreto, conhecido apenas por mim e pelos guardas que designei para vigiá-lo. Qualquer tentativa de fuga de sua parte, ou de resgate por seus capangas, será recebida com severidade e poderá resultar em morte. O senhor compreendeu? Mais importante: seus defensores compreenderam?

Min Fu-Hok e seus advogados assentiram, com o semblante fechado.

O Sr. Song tirou os óculos e os limpou com um lenço de seda branco que tirou do bolso. Em seguida, colocou-os de volta.

— Em respeito à tradição — prosseguiu ele —, o senhor terá o direito de comer o que quiser esta noite, antes de anunciarmos sua sentença amanhã.

Depois de uma breve consulta, um dos representantes de Min Fu-Hok se levantou e se dirigiu ao Sr. Song.

— O Sr. Min Fu-Hok deseja carne com batata imperial, arroz com porco frito e duas garrafas de vinho de osso de tigre para jantar conosco esta noite.

— Muito bem — disse o Sr. Song. — Seu pedido será atendido. Declaro encerrada a primeira sessão deste tribunal. Amanhã irei anunciar a sentença de Min Fu-Hok. Não será permitida a entrada do público.

Em seguida, o Sr. Song deixou a sala.

Samuel olhou ao redor, para a plateia, que continuava na sala, discutindo os procedimentos.

— O pessoal parece bem satisfeito — comentou ele com Melody. — Qual você acha que será a sentença?

— Só o Sr. Song sabe.

— Bem, mal posso esperar para descobrir e terminar minha matéria.

Melody franziu o cenho.

— Duvido que alguém descubra.

— Você deve estar de brincadeira. Os leitores vão ler essa história inacreditável, mas não vão saber como ela termina?

— Acho que as famílias atingidas sabem qual será o final.

— E qual será?

— Pergunte a elas. Eu não posso contar.

— Você quer dizer que não quer me contar.

— É isso aí.

— Isso é muito injusto, Melody. Todo mundo sabe que eu ajudei na investigação, e agora não vou poder nem saber o desfecho da história. Algo me diz que será "funesto", para usar uma das palavras do Sr. Song.

— O senhor conseguiu informações valiosas, mas a verdade é que foi apenas uma testemunha da justiça chinesa.

— Então, você e o Sr. Song me usaram para conseguir informações para o caso, e, agora, eu não vou poder botar um ponto final nessa história? Você não acha injusto que ninguém fora de

Chinatown venha a saber o que aconteceu com esse homem ines-
crupuloso?

— Talvez.

— Será que o Sr. Song não pode me contar, pelos velhos
tempos?

— Ninguém pode responder pelo Sr. Song. O senhor vai ter
que perguntar a ele.

— Pelo menos me diga que negócio é esse de vinho de osso de
tigre.

— É um vinho feito com ossos de tigre, um antigo remédio
chinês contra uma série de doenças e também contra carma ruim.
Supostamente, a pessoa que bebe o vinho ganha força e poderes
especiais para lutar contra as adversidades. E dizem que também
cura a artrite.

— Parece que Min Fu-Hok quer que o vinho dê forças a ele
para lutar contra o que quer que vá acontecer com ele.

— Parece meio óbvio, não?

— Eles matam os tigres para pegar os ossos ou usam só os que
morrem de causas naturais?

— Hoje em dia, um pouco dos dois. Mas, se a China se tornar
próspera de novo, sinto dizer que os tigres estão condenados.

— Você quer dizer que não haverá tigres suficientes na China
para satisfazer a demanda?

— Com o tamanho da população e a velha crença no poder do
vinho, não haverá tigres suficientes no mundo inteiro.

— E como os chineses vão pegar os ossos dos tigres de outros
países?

— Acho que, no começo, vão comprá-los. Mas, quando os
outros países fecharem as fronteiras para esse tipo de negócio, tra-
ficantes inescrupulosos vão pagar caçadores mercenários para conseguir os ossos de qualquer maneira.

— Isso não parece muito promissor para os tigres — comentou Samuel.

20

O homem de preto

Samuel e Bernardi estavam no Camelot, sentados à Távola Redonda, tomando um drinque e conversando sobre os eventos das últimas semanas.

— Alguma pista sobre o que aconteceu com Min Fu-Hok? — perguntou Bernardi.

— Acho que nada muito bom — respondeu Samuel.

— Então vou ter que bater um papo com o Sr. Song. Esse negócio de fazer justiça com as próprias mãos não pode ser tolerado em uma sociedade que deve seguir a lei.

— Concordo com você na teoria. Mas não vai adiantar nada conversar com o Sr. Song. Ele não vai responder a nenhuma de suas perguntas. Deixe-me tentar de novo com Melody. E depois a gente volta a esse assunto. — Samuel tomou um gole de uísque e colocou o copo de volta sobre a mesa. — Vamos falar sobre o homem de preto que George mencionou.

— Vou dar uma prensa nele e fazer umas perguntinhas.

— Antes de você fazer isso, será que a gente pode tentar outras coisas? — perguntou Samuel. Então contou seu plano a Bernardi, explicando a importância de sincronizar bem o tempo da ação.

— Gostei da sua ideia — disse o tenente. — Vou colocá-la em prática amanhã bem cedo.

* * *

Bernardi era um homem de palavra. No dia seguinte, por volta do meio-dia, ele pegou o telefone e discou o número de George. O cafetão ainda não tinha acordado, então Bernardi deixou um recado para que ele retornasse a ligação, o que aconteceu lá pelas duas da tarde.

— Alô, George. Obrigado por ligar.

— É sempre bom falar contigo, tenente. O que posso fazer por você?

— Você se lembra da dica que me deu sobre Noel Quackenbush?

— Lembro, sim. Como é que terminou essa história? Ele é o seu homem de preto?

— Ainda não sei. Até agora gastei as cem pratas com você e não ganhei nada em troca. Mas quero que me faça mais um favor, e isso vai render a você mais vinte paus.

— Vamos ouvir qual é o favor, tenente, depois a gente fala da grana.

— Quero que você ligue para Quackenbush em uma quarta-feira e diga que estou sondando a área, fazendo perguntas sobre ele. Nem preciso dizer que, se o cara perguntar, você nunca me passou qualquer informação.

George deu uma risada.

— Eu sei que você não vai matar a galinha dos ovos de ouro, tenente. Mas vou dar uma forcinha nesse caso tão importante. Faço a ligação por vinte pratas. Mas, se eu for ligar em uma quarta-feira, vai ser por trinta pratas. E, se eu conseguir ligar e passar a mensagem certa nesta quarta, a gente fecha por cinquenta.

— Você está pegando pesado, George. Estou vendo que, da próxima vez, precisarei começar a negociação com um preço bem menor.

— O segundo passo é sempre mais caro que o primeiro, porque o fato de você recorrer a mim de novo me diz que o primeiro passo foi importante.

— A gente só vai saber se foi importante mesmo depois do telefonema.

— Negócio fechado, tenente?

— Fechado. Vou passar aí para deixar as vinte pratas daqui a uma hora. E, antes de pagar o restante, vou esperar pelo sucesso da missão.

— Hoje é quarta, tenente, não saia de perto do telefone — alertou George.

— Vou esperar na sua casa para ver se você vai conseguir falar com ele ainda hoje.

Bernardi foi a Oakland e esperou George ligar para Quackenbush. Ficou na extensão da linha, ouvindo a conversa.

— Noel, tenho umas notícias que podem interessar a você — disse George a quem atendeu.

— O que está rolando? — retrucou uma voz desconfiada.

— Estão dizendo por aí que o tenente Bernardi, do departamento de homicídios de São Francisco, está na área, fazendo um monte de perguntas sobre você.

Houve um longo silêncio do outro lado.

— Quem disse isso?

Bernardi notou que a voz do homem de repente tinha subido uma oitava.

— Minhas fontes. E, como a gente já fez uns negócios por aí, achei que você ia gostar de saber.

— É, agradeço a informação. A gente se fala.

George desligou e se virou para Bernardi.

— Aí está, tenente. Sua mensagem foi entregue, e agora eu ganho minhas cinquenta pratas. — Ele abriu um sorriso.

Os dois trocaram um aperto de mão. Bernardi pegou o maço de notas no bolso e as contou: duas de vinte e uma de dez.

* * *

Bernardi pediu o telefone de George emprestado e ligou para Samuel.

— Tudo de acordo com o plano. Eu ouvi a conversa.

— Isso é tudo o que eu precisava saber — disse Samuel. — Só quero confirmar se estou com o endereço certo.

Bernardi leu o endereço e o número de telefone de Quackenbush.

— Ok — confirmou o repórter. — Eu mando notícias.

Samuel chamou seu fotógrafo, Marcel Fabreceaux, que também tinha ido para o jornal vespertino e que ainda tinha o Ford 1947. Samuel confirmou que o plano estava dando certo e pediu a ele que o encontrasse às seis. Nesse horário, os dois, junto com um policial novato que Bernardi lhes tinha designado, seguiram até uma modesta vizinhança em West Oakland e pararam na esquina do MacArthur Boulevard com a Highland. Depois de confirmarem que estavam no lugar certo, eles deram uma olhada nas ruelas atrás das casas, verificando o local onde os moradores colocavam as latas de lixo que seriam recolhidas na quinta-feira de manhã. Samuel tinha aprendido algo com Jimmy Shu, o contador de Chinatown, e queria ver se o mesmo esquema dava certo com Noel Quackenbush.

— Tudo o que temos que fazer é esperar até anoitecer. Aí vamos vasculhar as latas de lixo — explicou ele quando Marcel estacionou o carro na entrada da ruela atrás da casa do suspeito. — Sabemos que Quackenbush está em casa. Vamos torcer para ele botar o lixo para fora hoje à noite, e não amanhã cedo. Se ele colocar o lixo agora, a gente começa a trabalhar. E, se encontrarmos alguma coisa, você, policial, será testemunha de que a prova saiu da casa dele.

Eles estavam com sorte. Por volta das nove horas, viram um homem baixinho e careca abrir o portão dos fundos da casa. Usando uma lanterna para guiar seu caminho, ele jogou o lixo em um único latão da ruela e voltou para a casa, fechando o portão depois de entrar.

Samuel deixou que quinze minutos se passassem.

— Vá até o latão onde ele jogou o lixo. — Quando eles estavam em posição, iluminados pelo brilho fraco de um poste distante, Samuel saiu do carro. — Abra o porta-malas e pegue os sacos plásticos — disse a Marcel. — Policial, você vem comigo — continuou ele. — Quero que segure o saco aberto.

Rapidamente, tomando todo o cuidado para fazer o mínimo de barulho possível, Samuel pegou os sacos de lixo de Quackenbush e virou seu conteúdo dentro do saco plástico que o policial segurava.

— Jogue o saco no porta-malas e vamos dar o fora daqui! — exclamou ele.

Marcel acelerou na ruela.

— Pare naquele posto de gasolina na esquina — disse Samuel, muito empolgado, enquanto o carro descia o MacArthur rumo à ponte da baía. — Preciso usar o telefone público.

O repórter desceu, ligou para Bernardi, contou o que tinha acontecido e que eles estavam voltando para o escritório da Bryant Street.

Quando chegaram, pegaram o saco plástico e o levaram até o departamento de homicídios.

— Vire o lixo em cima da mesa da sala de reuniões — disse Samuel. — Temos que catalogar tudo o que tiver lá.

Enquanto o jornalista identificava item por item, o policial que os acompanhara na missão listava e etiquetava cada um deles, assinando seu nome e escrevendo o número de seu distintivo em todos os documentos oficiais. Quando tudo estava pronto, eles levaram a lista de provas para Bernardi.

* * *

Uma semana depois, Samuel observava Noel Quackenbush na sala de interrogatório do quartel da polícia por trás de um espelho falso. Sentado à mesa, as pernas displicentemente esticadas debaixo dela, parecia um velho frequentador do local. Ao dar uma olhada em sua ficha criminal, o repórter concluiu que Quackenbush estava acostumado a jogar aquele jogo de perguntas e respostas com a polícia.

Depois de fazer o homem esperar por mais de meia hora, Bernardi entrou na sala e se sentou do lado oposto, de costas para Samuel. Pôs o bloco de anotações sobre a mesa e jogou um arquivo na frente do suspeito. O nome GRACE CONKLIN estava escrito em letras garrafais na capa. Não restava a Quackenbush qualquer dúvida sobre os motivos pelos quais fora intimado a depor. Um instante depois, a porta se abriu mais uma vez, e um policial trouxe um gravador e um maço de Parliament. O policial os deixou sobre a mesa.

Bernardi agradeceu com um meneio de cabeça, ligou o gravador e se apresentou, explicando que queria fazer algumas perguntas sobre o assassinato de Grace Conklin.

O careca pôs as mãos sobre a mesa e se inclinou para a frente.

— Não conheço essa pessoa, tenente — respondeu ele com uma voz tranquila. — Então não posso ajudar muito.

— É o que nós vamos ver — rebateu Bernardi. — Posso dizer seu nome completo, só para ficar registrado? Gostaria que o senhor compreendesse que estou gravando essa conversa para nos resguardar. Não quero que nenhum de nós dois ponha palavras na boca do outro. — Ele parou por um instante. — O senhor disse que não conhecia Grace Conklin, é isso? Nunca nem ouviu o nome dela?

— Não, senhor.

— O senhor não assiste à TV, não lê jornal nem mesmo ouve rádio?

— Às vezes eu escuto rádio.

— Rádio? Que estação?

— Geralmente escuto rock. Às vezes, jazz, tarde da noite.

— Grace Conklin foi assassinada há alguns meses — disse Bernardi, mencionando em seguida a data exata do crime. — Onde o senhor estava na noite em questão?

— Agora, aqui, sentado com o senhor, não faço ideia, tenente. Eu poderia fazer a mesma pergunta ao senhor, e o senhor só se lembraria da data porque preparou esse interrogatório.

— Vamos mudar um pouco de assunto. Qual é o seu banco, Sr. Quackenbush?

— Security Pacific. Bem perto da minha casa.

— O senhor deposita seu salário nesse banco?

Quackenbush mostrou seus primeiros sinais de preocupação, pensou Samuel, ao hesitar alguns segundos antes de responder.

— Não, senhor. Desconto meus cheques no Crocker National Bank.

— Que tipo de serviço o senhor faz, Sr. Quackenbush?

— Sou estivador, quando tem trabalho.

— E quando não tem?

— Recebo seguro-desemprego. E, às vezes trabalho como barman, para ganhar uma grana por fora.

— Para que o senhor usa o Hibernia Bank? — perguntou Bernardi.

— Não faço nada no Hibernia. Financiei um carro lá alguns anos atrás, mas já paguei tudo.

— Tem certeza? — Bernardi apertou um botão, e um policial entrou na sala. O tenente cochichou algo em seu ouvido, e o policial saiu, voltando um momento depois com um envelope. Bernardi abriu o envelope e tirou o que parecia ser uma porção de extratos bancários. — O senhor usava o nome Myron Schultz no passado, não usava?

— Há muitos anos, quando vim para a Califórnia.

— De acordo com nossos registros, o senhor usou Myron Schultz como nome falso quando foi fichado, dez anos atrás.

— Como eu disse, faz muito tempo.

— Mas estou olhando aqui para dois depósitos feitos em nome de Myron Schultz no Hibernia Bank. O primeiro foi feito um mês antes do assassinato de Grace Conklin, e o segundo, uma semana depois. Ambos de cinco mil dólares, em dinheiro vivo.

— Não fui eu, tenente.

— Qual é, Sr. Quackenbush? Ou seria melhor chamá-lo de Sr. Schultz? Qual prefere?

A pergunta de Bernardi foi recebida com silêncio e um olhar vazio.

— Levei sua foto ao banco, e dois funcionários o identificaram como cliente. Na verdade, o senhor fez vários saques seguidos dessa conta, o primeiro deles duas semanas depois do assassinato de Grace Conklin.

— Não fui eu, é sério.

— Vamos falar sobre Parliament. O senhor fuma cigarros dessa marca?

— Não, senhor. Nunca fumei Parliament nem qualquer outra marca.

Quackenbush abriu um sorriso, e Samuel, ao erguer os olhos do caderno de anotações, pensou ter detectado um sinal de alívio. Mas o repórter sabia que o melhor ainda estava por vir e ficou pensando em como Quackenbush tentaria se esquivar do ataque. O jornalista achava que ele não estava se saindo bem por enquanto, até porque ele jamais poderia imaginar que a polícia tinha juntado tantas provas assim.

— O senhor conhece alguém que fuma essa marca? — perguntou Bernardi.

— Já vi muita gente fumando quando trabalhava nos bares.

— Não foi isso que eu quis dizer. Estou perguntando se alguém que o senhor conhece fuma essa marca específica.

— Não, senhor. Não consigo me lembrar de ninguém.

— E o homem que deu ao senhor dez mil dólares para matar Grace Conklin? Nós sabemos que ele fuma Parliament. Quem é ele?

— Não tenho ideia do que o senhor está falando, tenente — disse Quackenbush. Embora ele ainda parecesse calmo, Samuel achou que seu rosto ficava vermelho.

— O senhor quer levar a culpa e, quem sabe, até ir para a câmara de gás por causa de míseros dez mil dólares? Vai deixar o ricaço sair livre por aí?

— O senhor não tem nenhuma prova contra mim, tenente. — Quackenbush fez menção de se levantar. — Posso ir embora?

— Ainda não. Não terminamos nossa conversa. — Bernardi apertou o botão de novo, e o policial reapareceu. O tenente nem se preocupou em cochichar dessa vez. — Pode trazer o restante.

O policial voltou com um embrulho que tinha uma etiqueta do departamento presa em um dos lados. Bernardi rasgou-o e tirou uma calça preta e uma camisa preta.

— Essas coisas pertencem ao senhor, Sr. Quackenbush?

— Nunca as vi na minha vida.

— Nós as retiramos do seu lixo semana passada.

Quackenbush empalideceu.

— E essa peruca loira? É sua?

— Não, senhor, nunca a vi antes.

— Também a encontramos no seu lixo. O material bate com uns fios sintéticos que encontramos na cena do crime. — O tenente se recostou na cadeira e encarou o homem do outro lado da mesa. — O cerco está se fechando, Sr. Quackenbush. Está pronto para entregar o cara, seja lá quem ele for?

— Alguém armou para mim. Preciso saber quem foi. Quero um advogado!

— Só mais uma coisa. Fizemos um desenho baseado na sua foto e botamos uma peruca loira e um chapéu preto na cabeça. Adivinha? O casal japonês do mercado de flores identificou o senhor como a pessoa que comprou margaridas na tarde em que Grace Conklin foi morta.

— Não vou falar mais nada, tenente. Quero um advogado. Tenho os meus direitos, o senhor sabe.

— O senhor vai ter bastante tempo para arrumar um advogado, Sr. Quackenbush. Nesse momento, o senhor está preso pelo assassinato de Grace Conklin. — Bernardi apertou o botão duas vezes. Dois policiais entraram na sala. — Podem algemá-lo. E fichá-lo por homicídio.

* * *

Depois que Quackenbush foi levado, Samuel entrou na sala de interrogatórios.

— Pegou o desgraçado, hein?

— Foi você que fez todo o trabalho sujo, Samuel. Muito obrigado. Sem as provas que você pegou no lixo, a gente nunca iria resolver o caso.

Samuel deu de ombros.

— Ainda não acabou. A gente tem que pegar o desgraçado que pagou pelo crime. É isso que interessa.

— Você acha que não foi Conklin? Ele fez grandes saques em dinheiro da conta do Bank of America, e nós sabemos que ele tinha grana suficiente para pagar esse otário antes e depois da morte de Grace.

Samuel balançou a cabeça.

— Acho que não. Ele não tinha motivo para matá-la. Ciúme não era o bastante. É verdade que o casamento estava arruinado, e ele sabia que Jim Abernathy queria se livrar dele como genro, mas Conklin estava com a vida ganha. Ele já tinha grana, e suas transações comerciais iam a todo vapor. Com o crescimento do negócio no Vietnã, ele iria ganhar uma fortuna vendendo Agente Laranja, que é usado para desfolhar a floresta.

— Então, o que a gente faz agora? — perguntou Bernardi.

— Precisamos pegar o cara que Grace Conklin encontrava no hotel toda semana. Vou começar escrevendo um artigo sobre a prisão de Quackenbush. Fico feliz por você não ter revelado todas as pistas no interrogatório, porque, assim, a pessoa que contratou Quackenbush não ficará sabendo das provas que temos e que podem implicá-la. Vou escrever como se já tivéssemos prendido a pessoa certa, mas podemos deixar o mandante nervoso ao mencionar o depósito misterioso de dez mil dólares na conta bancária de Quackenbush. Não vou mencionar qualquer pista que possa ligá-lo ao assassino.

Terminada a conversa, Samuel voltou ao jornal para escrever a reportagem que sairia na edição daquela tarde. Mas, antes de começar, ligou para Jim Abernathy e contou a ele que Quackenbush estava atrás das grades.

— E agora acabou? — perguntou Abernathy, desapontado com o fato de Conklin não estar envolvido.

— Acho que não. Ainda temos que descobrir quem pagou Quackenbush para cometer o assassinato.

— Então Conklin não é carta fora do baralho?

— Não — concordou Samuel —, mas, independentemente do que o senhor pensa sobre ele, a verdade é que seu genro não tinha motivo para matá-la. Isso é tudo o que posso dizer no momento. Mas, assim que tiver resolvido o caso, o senhor será o primeiro a saber.

Ele desligou o telefone e escreveu a manchete.

Preso o suspeito do assassinato de Grace Abernathy

A matéria dava detalhes das provas coletadas contra Quackenbush e de como elas o incriminavam. Mas não dizia nada sobre o que as autoridades sabiam a respeito do mandante do crime, exceto que o suspeito de assassinato havia recebido um depósito inexplicável de dez mil dólares em uma de suas contas bancárias.

De quem é a grana?

Samuel, Bernardi e Charles Perkins estavam na sala de reuniões do gabinete de Bernardi, no final do corredor, olhando para uma pilha de extratos bancários. Eram cópias dos documentos utilizados no julgamento de Min Fu-Hok que havia ocorrido na lojinha de ervas chinesas do Sr. Song. Entre eles havia o depoimento da Sra. Wuan e o registro do ouro que fora enviado para a conta do banco suíço.

Charles Perkins só estava ali porque queria ver se as atividades criminosas de Min Fu-Hok haviam chegado a um nível internacional. Tinha esperanças de provar que houve uma conspiração envolvendo transações ilegais de grandes somas de dinheiro e ouro, o que traria a ele não apenas a condenação, mas também manchetes nos jornais.

Samuel tinha em mãos os extratos de uma conta na Suíça.

— Min Fu-Hok depositou pelo menos cem mil dólares na Suíça, além de uma quantia equivalente em barras de ouro. E não parou por aí. Mais cem mil saíram da conta de Conklin no Bank of America e foram para uma conta também na Suíça.

Perkins ficou radiante, orgulhoso por ter sido responsável pela intimação judicial que havia desmascarado a transação.

— Aposto que os dois estavam metidos em um grande esquema ilegal — disse ele.

— Nossa primeira hipótese é de que Min Fu-Hok estava guardando dinheiro para se proteger caso fosse processado por todas as famílias de Chinatown que perderam seus parentes por causa da água envenenada — disse Bernardi.

— Isso explicaria o caso de Min Fu-Hok, mas não por que Conklin também mandou dinheiro para a Suíça — argumentou Samuel. — Tem algum jeito de saber se o dinheiro foi para a mesma conta?

— É impossível saber isso agora, e talvez a gente nunca venha a saber, por causa das leis de sigilo fiscal da Suíça — disse Perkins.

— Precisamos ver o problema de outro ângulo. Meu palpite é que os dois estavam juntos em algum esquema.

— O que Min Fu-Hok tem a dizer sobre tudo isso? — perguntou Bernardi.

— Ele não abriria o bico — respondeu Samuel. — Já teve a chance, mas não falou nada.

— Se você me disser onde ele está, dou um jeito de fazê-lo falar — garantiu Perkins.

— Não dá — respondeu Samuel.

— Por que não?

— Porque ninguém sabe onde ele está.

— Você contou que ocorreu um julgamento. Qual foi o resultado? — perguntou Perkins.

— O Sr. Song o declarou culpado.

— E qual foi a sentença?

— Não sei.

— Como assim, não sei?

— Todo dia eu volto lá, faço a mesma pergunta e recebo a mesma resposta: a sentença ainda está sob análise.

— Então vamos até o Sr. Song e perguntar a ele — disse Perkins.

— Perguntar o quê? — quis saber Samuel. — Ele não fez nada de errado.

— Perguntar onde está Min Fu-Hok.

— Você acha que ele vai contar alguma coisa depois do que você fez na lojinha dele uns anos atrás? — rebateu Samuel, revoltado, levantando-se da cadeira e botando o dedo na cara de Perkins.

— Do que você está falando? — Perkins fingiu inocência. — Eu só fiz o meu trabalho.

— Esqueça. Mas escute o que estou dizendo. Vai ser perda de tempo.

— E a esposa do Min Fu-Hok? — lembrou Perkins. — Vamos dar um pulo na loja dela e trazê-la para cá.

— A loja está trancada, e ela também desapareceu — falou Samuel. — Ao que parece, saiu do país.

— O passaporte dela não estava confiscado? — perguntou Perkins.

— Só o do marido. Ela não tinha sido acusada de nada, muito menos condenada — explicou Samuel.

— Será que não tem um jeito de a gente descobrir algo mais? — indagou Bernardi.

— Isso é com Charles — respondeu Samuel. — Tem tanto sigilo envolvendo as contas bancárias na Suíça que nós, meros investigadores, não conseguimos obter nenhuma informação. A única instância capaz de fazer isso é o governo federal.

Perkins se levantou, esfregou as mãos suadas, depois as enxugou nas calças brilhosas, que há muito tinham perdido os vincos.

— Não é tão fácil assim — disse ele, em uma rara demonstração de humildade. — Quando se trata de grana internacional, o Tio Sam não tem os poderes que vocês acham que ele tem.

Samuel abriu um sorriso, achando graça da mudança de atitude de Perkins.

— No meu entendimento, temos pelo menos duas possibilidades. Primeira: Conklin estava botando dinheiro na conta de

Min Fu-Hok porque, se fosse condenado pela morte de seu funcionário na indústria química, iria encarar um sério problema financeiro. E estava pagando uma taxa para Min Fu-Hok esconder essa grana.

— Faz sentido — concordou Bernardi.

— Mas tem uma segunda possibilidade — continuou Samuel. — Talvez os dois estivessem transferindo dinheiro para uma conta secreta por alguma outra razão e a gente simplesmente não saiba qual é. Temos que escavar mais fundo para ver se existe, de fato, alguma conexão entre os dois.

— Isso é com você, Samuel — disse Perkins, recuperando seu jeito arrogante. — É um tiro no escuro, e aposto que você nem sabe por onde começar. — Ele alongou os braços, impaciente, e se levantou. — Já fiz muito por vocês, rapazes. Agora, tenho que voltar ao trabalho. Vou ver se a grana e o ouro foram para o mesmo banco, mas não vou poder fazer mais nada além disso.

Ele enfiou as cópias dos extratos do Bank of America dentro da pasta e saiu da sala sem sequer se despedir.

— E agora? O que a gente faz? — perguntou Bernardi quando a porta se fechou atrás de Perkins. — Não sabemos por onde começar.

— O problema não é por onde começar — retrucou Samuel —, mas aonde chegar. Acho que há uma conexão entre esses três depósitos na Suíça e os dois que foram parar na conta de Quackenbush. Nosso trabalho é descobrir qual é.

— Você acha que a grana que entrou na conta de Quackenbush tem a ver com os outros depósitos e o ouro? — perguntou Bernardi.

— Há uma grande diferença entre as dez mil pratas do assassino e as somas de dinheiro que saíram de bancos locais para contas secretas na Suíça — respondeu Samuel. — Como eu disse, nosso trabalho é conectar esses fatos.

As esferas do poder começam a ruir

Samuel acordou deprimido. Olhou pelas janelas sujas de seu pequeno apartamento nos arredores de Chinatown e, embora fosse uma ensolarada manhã de sábado, não quis sair da cama. Ficou deitado, pensando que, depois de pegar Quackenbush, ele precisava de provas que o relacionassem ao mandante do assassinato de Grace. Ficava aborrecido só de pensar que esse criminoso podia se safar. Ele sabia que tinha que desmascará-lo. Só precisava de uma oportunidade.

Samuel ficou pensando nas duas pistas não mencionadas pelo seu artigo: a guimba de cigarro Parliament e a folha de carvalho, ambas encontradas na cena do crime. Ao repassar os fatos da investigação, ele se lembrou do que o gerente do hotel havia lhe dito: o homem que se encontrava com Grace Conklin fumava cigarros Parliament toda semana. Fora por isso que Bernardi tinha deixado um maço em cima da mesa durante o interrogatório, esperando que, ao ver os cigarros, Quackenbush entrasse em pânico e depois tentasse fazer contato com a pessoa que o contratara. Mas a estratégia não tinha funcionado: Quackenbush era experiente demais para cair nessa. O fato de muitas pessoas fumarem Parliament também não ajudava. Era uma marca famosa.

Quanto à folha de carvalho, ela poderia não ter a menor importância se não tivesse sido encontrado um pedacinho de folha similar na barra da calça preta que Quackenbush havia jogado no lixo. Análises científicas provaram que as duas amostras pertenciam à mesma árvore. Mas havia milhares de carvalhos na região da baía. A probabilidade de Samuel encontrar a árvore de onde vieram as duas folhas era praticamente nula. Por onde ele deveria começar?

Discou o número da casa de Bernardi.

— Oi, Bruno, aqui é Samuel.

— Tudo bem? — perguntou Bernardi, deixando a xícara de café de lado.

— Preciso falar com você sobre o caso Grace. Podemos nos encontrar no Camelot lá pelo meio-dia?

— Você acha que vai demorar muito? Prometi a Marisol que a gente ia velejar hoje à tarde.

— Não sabia que você era velejador, Bruno.

— E não sou mesmo. É uma longa história.

— Ótimo, depois você me conta.

— Está bem — disse Bernardi, concordando com o encontro

* * *

Samuel e Bernardi estavam tomando café na Távola Redonda quando Melba entrou pela porta dos fundos com Excalibur na coleira e um Lucky Strike aceso na mão. O cachorro balançou o traseiro sem rabo quando viu Samuel, e o repórter, cumprindo seu velho ritual, tirou um biscoitinho do bolso antes mesmo de o cachorro chegar perto da mesa.

— Bom dia, meninos — cumprimentou Melba, vestida de calça branca e blusa verde. Ela amassou o cigarro no cinzeiro que ficava no meio da Távola Redonda. — A conversa deve ser muito importante mesmo. Dois dos maiores cães de caça de São Francisco não acordam cedo no sábado a troco de nada.

— A gente empacou — confessou Samuel, contando todas as pistas que, até agora, não tinham levado a lugar algum.

— Parece complicado mesmo — falou Melba. — Por que vocês não tiram o dia de folga e vão à cerimônia de posse do chefe de polícia na prefeitura? Começa às duas. Descansem um pouco a cabeça e aproveitem o champanhe e o salame italiano de graça.

— Meu Deus, eu tinha me esquecido disso — disse Bernardi. — Tenho que marcar presença, com certeza. Melba, posso usar seu telefone? Preciso cancelar meu passeio com Marisol.

— Claro, use o aparelho que fica atrás do balcão do bar.

Quando Bernardi já estava saindo em direção ao bar, Samuel gritou:

— Vou junto com você!

Bernardi assentiu, distraído; estava mais preocupado com o que iria dizer para acalmar Marisol do que em ser simpático com Samuel.

— Aliás, que fim teve o julgamento em Chinatown? — quis saber Melba, vendo Bernardi correr para o telefone. — Você não escreveu nem uma palavra sobre o assunto.

— Não posso escrever um artigo sobre isso, porque o cara foi condenado e depois desapareceu — disse Samuel.

— Como assim, desapareceu?

— Sumiu do mapa. E ninguém quer contar o que aconteceu com ele.

Os dois ficaram discutindo a questão por uns minutos, até Bernardi voltar, bastante aliviado.

— Tudo sob controle. Troquei o programa por um jantar hoje à noite.

Ele se sentou de novo, e Melba retomou o assunto.

— O herborista não era o juiz? O Sr. Song deve saber onde o réu está, já que foi ele quem o julgou.

— Cansei de falar isso — completou Bernardi —, mas Samuel só fica dizendo que o chinês não vai falar e que eu não posso fazer nada.

— Entendi. Acho que Samuel tem razão. É a justiça chinesa. Vocês nunca vão descobrir o que aconteceu com o sujeito.

— E você acha que isso está certo? — perguntou Bernardi.

— Não é uma questão de estar certo ou errado — respondeu Melba. — É assim que as coisas funcionam em Chinatown.

Samuel suspirou.

— Como posso escrever uma matéria sobre um homem condenado pelo tribunal do Sr. Song e dizer que ninguém sabe o que aconteceu com o réu?

— Chega disso, pessoal. Vão se divertir hoje à tarde — ordenou Melba.

Ela puxou Excalibur pela coleira e seguiu até sua sala, nos fundos do bar. Samuel e Bernardi de despediram e foram embora, entrando no Ford Victoria de Bernardi, estacionado bem na porta.

* * *

No caminho para a prefeitura, Samuel se virou para Bernardi.

— Pare aí no telefone público. Preciso ligar para Marcel. Quero que ele me encontre nessa festinha.

Ele fez a ligação, e o fotógrafo disse que estaria lá assim que possível.

Quando os dois chegaram, já havia muita gente circulando em frente à prefeitura, esperando as portas se abrirem.

— Podemos esperar um pouco até o Marcel chegar? — perguntou Samuel. — Vou pedir para ele tirar umas fotos para uma matéria que quero escrever para o jornal.

— Claro. Não estou com pressa.

Meia hora depois, quando Marcel chegou, os três entraram juntos na prefeitura, usando o distintivo de Bernardi para ter acesso imediato.

Lá dentro, Samuel ficou intrigado ao notar o grande número de burocratas presentes. Além de todo o poder judiciário, ele viu o procurador, cercado por um grupo de homens que Samuel supôs pertencer a sua equipe. Até mesmo Charles Perkins estava lá, tomando champanhe e conversando com o procurador-geral e alguns de seus assessores. Entre eles estava Giuseppe Maximiliano, o representante da procuradoria que trabalhara no caso Min Fu-Hok e que também cuidara da audiência preliminar de Conklin. Samuel se aproximou de Giuseppe e perguntou se ele sabia do paradeiro do chinês.

— Nem sinal do homem — respondeu Giuseppe. — O juiz emitiu um monte de mandados de prisão quando o cara não compareceu diante do oficial da liberdade condicional. Você pode discutir o assunto com o juiz, ele está bem ali. — Giuseppe apontou para Hiram Petersen, que estava encostado no corrimão de pedra da escadaria, batendo papo e fumando um cigarro.

— Vou lá, mas duvido que ele saiba mais do que você — disse Samuel, sem querer mencionar o que havia acontecido na lojinha do Sr. Song. — Parece que o cara desapareceu mesmo.

— Sei tanto quanto você — disse Giuseppe.

Samuel sabia que isso não era verdade.

Quando mais de duzentas pessoas já estavam reunidas no saguão do primeiro andar e uma pequena multidão invadia a escadaria de mármore que conduzia ao segundo piso, o presidente do Conselho do Condado anunciou a presença do prefeito. Ele fez um breve discurso sobre a meticulosa busca que fora empreendida para descobrir o homem certo para a cadeira de chefe de polícia, sua decisão de continuar com Thomas Cahill no cargo e sua vontade de apresentá-lo novamente ao público.

O chefe pegou o microfone em seguida e fez um discurso vibrante, afirmando como iria continuar a combater o crime e proteger a população. Era a mesma fala que Samuel e todo mundo já tinha ouvido diversas vezes, mas o repórter fez anotações mesmo assim, pois era obrigado a escrever uma matéria sobre aquilo, embora não estivesse muito a fim.

Depois do discurso, um clima de celebração tomou o recinto em meio às taças de champanhe e aos canapés. As pessoas se reuniam em pequenos grupos, conversando e parabenizando umas às outras pelos papéis importantíssimos que haviam desempenhado (ou pelo menos que achavam que tinham desempenhado) na permanência do chefe de polícia no cargo. Elas o cercavam e desejavam sucesso, querendo, acima de tudo, ser lembradas quando precisassem de alguma coisa.

Bernardi apresentou Samuel ao chefe Cahill, descrevendo-o como um dos melhores repórteres da cidade e acrescentando que Samuel vinha prestando inestimável auxílio a ele e ao Departamento de Polícia na luta contra o crime e na captura de criminosos.

— Conheço muito bem o seu trabalho, Sr. Hamilton. E nós da cidade de São Francisco somos muito gratos por tê-lo no nosso time — disse o chefe, entregando um cartão de visitas a Samuel.

Ele pediu a Marcel que tirasse umas fotos de Bernardi e do chefe de polícia. Em seguida, Samuel e o tenente foram até outra parte do salão, onde se reunia o pessoal do judiciário. Depois de trocar amabilidades com vários juízes, Samuel pediu licença, arrastou Marcel para um canto e cochichou algo em seu ouvido. Então foi conversar com os integrantes do Conselho do Condado e também com o procurador da cidade.

Vinte minutos depois, Marcel veio na direção de Samuel e fez um sinal. Imediatamente, o repórter se virou para Bernardi.

— A gente tem que cair fora daqui. Tenho uma informação muito importante para dar a você.

Bernardi se despediu de algumas pessoas e os três deixaram o prédio, saindo pela Larkin Street.

— Certo — disse Samuel a Marcel. — Quanto tempo você vai demorar para revelar as fotos que eu pedi que você tirasse?

— Vou para o centro da cidade e começo agora mesmo. Em duas horas, devo estar com tudo pronto.

— Qual é o furo de reportagem? — quis saber Bernardi.

— Só um segundo — pediu Samuel. Virando-se para Marcel novamente, perguntou: — Você pegou a outra coisa que eu pedi?

— Peguei, sim. — Marcel tirou um pequeno embrulho de guardanapo do bolso onde ele normalmente guardava as lâmpadas de flash e o entregou a Samuel.

Com todo o cuidado, o repórter desenrolou o guardanapo e mostrou a Bernardi o que havia dentro. Em seguida, enrolou tudo de novo no guardanapo e deu o embrulho para o detetive.

— Agora você tem mais uma prova. Pode me levar até o departamento de homicídios, para a gente dar uma olhada no arquivo de Grace Conklin?

— Isso é o que eu estou pensando? — perguntou Bernardi.

— Só vamos saber quando compararmos — respondeu Samuel.

— Vamos logo, então. Marcel, quando você estiver com as fotos prontas, venha até meu escritório.

* * *

Samuel e Bernardi olhavam para as provas do assassinato de Grace Conklin espalhadas sobre a mesa da sala de reuniões do departamento de homicídios. Mas estavam interessados em apenas um item: a guimba de cigarro Parliament encontrada na cena do crime. Bernardi a pegou com uma pinça e a examinou por um tempo. Depois, pegou a guimba de cigarro que Samuel havia embrulhado no guardanapo e a examinou do mesmo jeito, virando-a devagar de um lado para o outro, estudando-a por todos os ângulos.

— Se você analisar a foto da guimba de cigarro encontrada na cena do crime, comparar com a guimba em si e depois der uma olhada na que você pegou na festa da prefeitura, vai ver que todas foram amassadas do mesmo jeito. Está vendo o ângulo? Incrível, não? Precisamos ver se as impressões digitais que pegamos da guimba de cigarro da cena do crime são as mesmas que estão nessa aqui.

Algum tempo depois, Marcel chegou com as fotografias, as quais espalhou sobre uma parte vazia da mesa.

— Na foto que Marcel tirou, dá para vê-lo amassando o cigarro. Veja bem de perto, tem o mesmo formato que a ponta encontrada na cena do crime.

— Minha nossa — disse Bernardi. — Se esse é o nosso suspeito, é uma notícia muito triste para a cidade.

Samuel estava ficando impaciente.

— Agora, a gente tem que conseguir provar que a folha de carvalho encontrada na cena do crime e o pedacinho que achamos na barra da calça de Quackenbush vêm da árvore que existe na propriedade do nosso suspeito. Se der certo, teremos que conversar com Perkins mais uma vez.

— Por que ele? — perguntou Bernardi.

— Vamos ver se conseguimos confirmar as folhas de carvalho. Depois a gente conversa sobre Perkins.

— Primeiro, vamos arrumar um mandado de busca — disse Bernardi.

— Acho que esse mandado não vai sair, a menos que a gente consiga uma comparação das impressões digitais nas guimbas de cigarro ou confirmar a questão das folhas de carvalho. Além disso, você já pensou nas informações que vai ter que revelar para conseguir um mandado?

— Não podemos pegar a folha de carvalho da propriedade do suspeito sem um mandado.

— Deixa comigo. Se você me der o endereço, Marcel e eu podemos pegar uma. Se provarmos que a folha veio da mesma árvore, poderemos dizer que uma coisa nos levou à outra.

— E como você vai pegar a folha, Samuel? — quis saber Bernardi.

— Só me arranje o que eu preciso e deixe o resto comigo.

Samuel escreveu uma lista de tudo o que queria que Bernardi providenciasse para ele.

Depois de ouvir a explicação do plano, o detetive abriu um sorriso.

— Definitivamente vale a pena tentar — disse ele. — Você pode fazer isso amanhã.

— Acho que aparecer em uma casa para pegar folhas de carvalho em pleno domingo não é uma boa ideia. Se não quisermos ser presos por invasão de domicílio, precisamos dar um jeito de tirar todo mundo da casa ou, então, temos que arrumar uma desculpa plausível para estarmos lá. Enquanto isso, você arranja um botânico que possa comparar a folha que pegarmos com a que já temos.

* * *

Na manhã de domingo, Samuel pediu a Marcel que o levasse ao elegante endereço em Hillsborough que Bernardi havia informado. Ele vestia um macacão branco com o logotipo do corpo de bombeiros local e usava o boné que Bernardi havia lhe emprestado. Todo mundo sabia que um bombeiro podia entrar em qualquer local, mesmo sem mandado. Ele instruiu Marcel a estacionar no fim da rua, longe da vista de todos, assim não teria de explicar aos moradores por que um bombeiro estava circulando por aí em um Ford 1947 verde.

Passava das dez horas quando ele tocou a campainha. Uma bela mulher de meia-idade atendeu à porta.

— Bom dia, senhora — cumprimentou ele com um sorriso. — Sou do corpo de bombeiros. Como talvez a senhora saiba, nesta época do ano costumamos fazer inspeções nos bairros, então preciso verificar o local para garantir que não há risco de incêndio.

— Não creio que haja risco de incêndio por aqui, mas você pode ficar à vontade para dar uma olhada. Entre, por favor. Se precisar de mim, estarei na área de serviço. É só bater à porta.

Confiante, Samuel foi passando pelas salas elegantemente decoradas, procurando os pontos mais óbvios onde alguém poderia esconder um cofre. Viu três quadros nas paredes do segundo andar que pareciam suspeitos e, quando entrou no escritório, olhou atrás de duas molduras. Uma delas escondia o que parecia ser um cofre.

Ele então saiu para o jardim dos fundos e fingiu analisar o que parecia ser um depósito ou galpão para as ferramentas de jardinagem, no qual encontrou um cabo de linha telefônica ou talvez de eletricidade já desgastado. Ao mesmo tempo, reconheceu dois carvalhos e foi andando até eles, tentando passar a possíveis observadores a impressão de que estava avaliando um problema. Parou, pegou algumas folhas das duas árvores e as colocou em diferentes bolsos do macacão. Quando já tinha tudo o que precisava, bateu à porta da área de serviço.

— Não tem problema nenhum na casa, senhora — disse Samuel quando ela abriu a porta. — Vou prosseguir com as outras casas da rua. Obrigado pela cooperação.

— De nada. — Ela abriu um sorriso. — É bom saber que está tudo nos conformes.

Samuel saiu pelo portão, mas antes pegou mais umas folhas embaixo da copa do carvalho que ficava no jardim da frente e desceu a rua até o carro de Marcel.

— Tenho tudo de que precisamos — anunciou Samuel ao se sentar no banco da frente e tirar o boné do corpo de bombeiros de Hillsborough. — Vamos voltar para a cidade, e o botânico poderá avaliar se as folhas vieram do mesmo lugar.

* * *

No dia seguinte, Samuel e Bernardi estavam mais uma vez na sala de reuniões do departamento, as provas ainda espalhadas sobre a mesa onde eles as deixaram dias antes. Bernardi tinha o relatório do botânico em mãos e lia em voz alta para Samuel.

— "Análise científica atesta que a amostra recolhida no jardim da frente tem correspondência biológica com a folha encontrada na barra da calça e também com a folha encontrada na cena do crime. Em suma, todas as três pertencem à mesma árvore."

Bernardi entregou o relatório a Samuel, para que ele pudesse ver o documento com os próprios olhos.

— Excelente trabalho, Samuel — elogiou Bernardi. — Agora, nós temos que arranjar um mandado de busca e procurar mais provas dentro da casa. Também precisamos pegar mais folhas. Vai ser fácil, porque as que precisamos estão no carvalho do jardim da frente.

— Vamos falar com Perkins — disse Samuel, e em seguida explicou ao tenente seus motivos.

— Entendi — respondeu Bernardi. — Mas o sujeito é um chato. Você pode se encarregar dele?

— Ele vai nos receber de braços abertos, prometo — garantiu Samuel. Então telefonou para Perkins e combinou uma reunião para aquela tarde.

* * *

Ao recebê-los, Charles Perkins parecia agitado, como se soubesse que algo muito importante estava para acontecer, algo que poderia beneficiá-lo. Enquanto conduzia Samuel e Bernardi até a sala de reuniões — não havia lugar para sentar e discutir as provas em seu escritório —, ele mal conseguia disfarçar um sorriso triunfante. Mesmo assim, tentava manter a pose.

— Por que vocês dois estão tão animados? — perguntou, assumindo uma expressão ingênua.

— Temos a sensação de que estamos bem perto de solucionar o caso — explicou Samuel. — Mas precisamos da sua ajuda.

— Vocês sempre podem contar comigo — respondeu Perkins. — Sentem-se, por favor, e me digam o que querem que eu faça.

Bernardi, atrás de Perkins, revirou os olhos. Samuel tentou conter a risada, mas o sorriso largo em seu rosto o entregou.

— Qual é a graça? — quis saber o advogado.

— Nada, só uma piadinha de Bernardi.

Perkins ignorou as infinitas possibilidades que cabiam naquela frase e preferiu se concentrar no banquete posto a sua frente, prestes a ser devorado.

— Então me digam: o que vocês querem?

— Vamos mostrar a você as provas que recolhemos e depois explicaremos por que estamos aqui — disse Bernardi. Ele colocou sobre a mesa a guimba de cigarro Parliament da cena do crime, a guimba de cigarro Parliament da prefeitura e a foto da pessoa amassando a segunda guimba. — Essas duas guimbas de cigarro foram amassadas do mesmo jeito, e acreditamos que foram manuseadas pela pessoa que aparece na fotografia.

— Tem certeza? — perguntou Perkins. — Essa é uma acusação muito séria. Como vocês vão provar isso?

Bernardi então colocou sobre a mesa as folhas de carvalho encontradas na cena do crime e na barra da calça de Quackenbush, junto com as duas folhas que Samuel tinha coletado no jardim da frente da casa de Hillsborough.

— Um especialista em botânica atestou que todas essas folhas de carvalho vieram da mesma árvore, que está no jardim da frente da casa do homem em questão.

Ele mostrou a Perkins a foto do homem apagando o cigarro na cerimônia de posse do chefe da polícia na prefeitura e, em seguida, um mapa apontando a localização da casa do suspeito, em Hillsborough.

— Por razões óbvias, precisamos de um mandado de busca expedido pelo governo federal — disse Samuel.

— E o que estão esperando? — perguntou Perkins.

— Você — disseram Samuel e Bernardi, olhando um para o outro.

Eles sabiam o que estava por vir. Mas a ficha de Perkins ainda não tinha caído.

* * *

No dia seguinte, agentes federais com mandados em mãos foram até as salas do juiz Hiram Peterson no Palácio de Justiça e até sua casa em Hillsborough, procurando por algum registro de contas bancárias na Suíça. Perkins liderava a equipe que foi até o Palácio de Justiça, junto com Bernardi. Três agentes federais também haviam sido designados.

Perkins estava vermelho e tremendo de raiva. E quem lhe negaria esse direito? Ele havia trabalhado com o juiz na procuradoria. Os dois eram amigos, pelo menos de acordo com os conceitos de amizade de Perkins. Mas, segundo as provas que o advogado tinha visto, Peterson tinha passado dos limites ao desonrar a profissão e quebrar seu juramento. Perkins queria olhar nos olhos dele enquanto os agentes faziam a busca. Queria que o juiz soubesse que tinha agora um inimigo empenhado em botá-lo atrás das grades por um bom tempo.

Bernardi viu o que estava acontecendo e puxou Perkins pelo braço no momento em que um agente ordenou ao secretário do juiz no tribunal que anunciasse a presença deles.

— Você tem que segurar a onda, Charles. Tem que explicar o que queremos e ver se ele vai entregar tudo voluntariamente.

— Aquele filho da puta — disse Perkins entre os dentes.

Embora conseguisse conter a raiva, seu rosto continuava muito vermelho. Ele tremia. Se Bernardi não tivesse interferido, teria entrado na sala aos berros, e, muito provavelmente, a operação não conseguiria nenhum resultado.

O secretário avisou ao juiz que agentes federais queriam falar com ele. Um minuto depois, veio a resposta de que todos estavam convidados a entrar em sua sala. Peterson estava sentado à mesa, fumando cigarro e tomando uma xícara de café. Ele se levantou para saudar os visitantes, um comportamento muito confiante. Na verdade, parecia um modelo posando de jurista, com um rosto que poderia muito bem ter saído da capa da revista *Esquire*.

— Senhores, como posso ajudá-los?

Perkins se deteve por um momento, tentando se controlar.

— Em nome do governo dos Estados Unidos da América, estamos aqui para cumprir este mandado de busca — disse ele. — Terá um instante para lê-lo, e depois disso nós ofereceremos ao senhor a oportunidade de entregar as provas que estamos exigindo. Se colaborar, ainda assim teremos que revistar a sala, para termos certeza de que não está ocultando mais nada. Se o senhor negar a existência de tais provas, que julgamos que estejam sob sua posse ou sob seu controle, faremos uso deste mandado para procurá-las.

Perkins não disse nada sobre o fato de alguns agentes federais já estarem vasculhando sua casa. Peterson logo viria a saber.

Depois de ler a declaração anexa ao mandado de busca, Peterson disse:

— Creio que o mais apropriado seria telefonar para meu advogado. Também gostaria de ligar para a minha esposa.

— O senhor pode telefonar para seu advogado — disse Charles, ainda furioso com o jurista por ter manchado a reputação do judiciário. — Também pode ligar para a sua esposa, mas nós vamos escutar as conversas. E não vamos interromper a busca até ele aparecer aqui, como imagino que seja o seu plano. E, se o senhor tentar dizer para a sua mulher destruir ou esconder alguma prova na sua casa, vamos prendê-lo imediatamente por interferir na investigação.

— Se vocês não vão parar com esse absurdo, por que eu me daria ao trabalho de chamar meu advogado aqui? — questionou Peterson, levantando-se e alisando com afetação as mangas do terno caro. — Pelo menos não me dirijam nenhuma pergunta na ausência dele.

— Parecia falar mais consigo mesmo do que com os outros.

Os agentes tiraram as coisas que estavam na mesa do juiz, os quadros das paredes e os livros jurídicos das prateleiras. Também arrancaram o carpete do piso, para ver o que havia embaixo. Em seguida, foram até a sala de audiências e pegaram o que havia na mesa do juiz e do meirinho, abrindo todas as gavetas e virando-as de cabeça para baixo para ver se havia alguma coisa no fundo.

— Vamos embora — disse Perkins quando ele e Bernardi terminaram o serviço. — Aconselhamos o senhor a ficar longe de casa enquanto nossa equipe estiver lá. Também recomendamos que não interfira nas buscas.

O juiz parecia um animal encurralado. Seus olhos percorriam a sala furtivamente, como se estivessem procurando uma saída, embora já não houvesse nenhuma. Era óbvio que ele fora surpreendido pela chegada de Perkins e dos agentes federais. Se o mandado de busca tivesse sido expedido pelo Departamento de Polícia de São Francisco, e não por Perkins e pela corte federal, alguém já teria vazado a notícia, e o juiz teria descoberto a operação a tempo de sumir com toda e qualquer prova.

* * *

Samuel estava com a equipe que foi até a casa de Peterson, em Hillsborough. Quando o agente federal se apresentou com o mandado de busca, a esposa do juiz viu Samuel e gritou:

— Meu Deus! Você é o bombeiro! O que está acontecendo aqui? Eu tenho que ligar para o meu marido. Ele é juiz da Suprema Corte em São Francisco.

— Isso não será necessário — explicou o agente. — Pedimos apenas que a senhora nos deixe fazer nosso trabalho.

Confusa, a Sra. Peterson se retirou para a sala, com um agente ao seu lado e outro escutando na extensão seu telefonema para o juiz. Ela franziu o cenho e pôs o telefone no gancho.

— Meu marido pediu que eu cooperasse — disse ela, parecendo ainda mais desconcertada e desabando na poltrona junto ao telefone.

Samuel levou os agentes até o cômodo onde tinha visto o cofre. Um dos agentes reuniu os papéis que estavam em cima da mesa e dentro das gavetas.

— A senhora poderia nos passar a senha que abre o cofre? — pediu ele.

— Desculpe, mas não sei a senha — respondeu ela.

— Que pena, porque, se a gente não puder abrir, vamos ter que arrancar o cofre da parede, e a senhora imagina a bagunça que isso vai causar.

— Vou ligar para o meu marido e perguntar.

Depois de uma breve discussão ao telefone, ela pegou uma caneta, anotou uns números em um bloquinho e desligou. O agente pegou o papel e, com luvas de borracha, abriu o cofre. Foi tirando as coisas que estavam lá dentro e fazendo anotações.

— Alguma coisa interessante? — quis saber Samuel.

— Só vamos saber quando levarmos tudo para a central.

Samuel foi até o outro agente, que ainda recolhia papéis de uma mesa. Puxando o rapaz de lado, ele disse:

— É melhor dar uma olhada no fundo das gavetas. Às vezes, eles colam as coisas por baixo.

O agente então tirou todas as gavetas e virou-as de cabeça para baixo. Como esperado, havia uma folhinha de papel colada no verso da última gaveta à direita. Ele descolou o papel com cuidado e o guardou em um envelope, anotando a exata localização de onde o havia encontrado.

Os demais agentes vasculhavam a casa à procura de documentos e evidências, consultando Samuel quando necessário.

— Não se esqueçam de pegar folhas do jardim da frente e dos fundos — disse Samuel. — Quando terminarem, me encontrem na cabana do jardim atrás da casa. Tem um monte de terra lá, e precisamos analisá-la com muita atenção. Também temos que verificar se há algum sinal de escavações no jardim, pois pode haver alguma coisa escondida ali. Alguém trouxe um detector de metais?

Ninguém.

— Liguem para a polícia de Hillsborough ou para o xerife de San Mateo e perguntem se eles têm um detector que possam nos emprestar — pediu Samuel. — Não vou me dar por satisfeito até vocês revirarem cada palmo deste lugar.

O agente mais jovem assentiu.

— Enquanto o senhor e o meu colega estiverem vasculhando a cabana do jardim, vou ver o que consigo arranjar na delegacia.

Samuel e um agente reviraram a cabana por mais de uma hora, mas não encontraram nada interessante. Durante a busca, o oficial mais jovem voltou com o detector de metais, um aparelho com um disco circular na ponta de um cabo e fios que o ligavam a um medidor junto à alça. A equipe esquadrinhou o chão da cabana com o detector, tomando cuidado para manter o disco a poucos centímetros do piso, mas não houve nenhuma alteração. Em seguida, foram verificar o jardim dos fundos. Quando passavam perto de um canteiro de rosas, a agulha do medidor deu um pequeno salto. Um dos agentes correu para pegar uma pá e uma espátula na cabana.

— Cuidado na hora de cavar — aconselhou Samuel.

Em vez de usar a pá, o agente se ajoelhou e, lentamente, enfiou uma espátula na terra fofa. A ferramenta bateu em alguma coisa e, então, o agente foi tirando a terra em torno do objeto. Era um pote de vidro com tampa de metal, do tipo que Samuel vira sua avó usar para conservar frutas e legumes durante os longos meses de inverno em Nebraska. O agente puxou o pote da terra e o limpou com as mãos, e todos puderam olhar através do vidro para ver o que tinha dentro. Estava repleto de notas de cem dólares.

— A tampa está enferrujada — constatou Samuel. — Teremos que pedir para um especialista abrir, senão vamos quebrar o vidro.

O chefe dos agentes guardou o frasco em uma caixa separada para os itens encontrados no jardim.

Eles continuaram a busca com o detector de metais e, do outro lado do quintal, debaixo da copa de um carvalho, encontraram outra coisa, dessa vez mais fundo. O agente pegou a pá e começou a cavar. Depois de cavar um buraco de quase meio metro de profundidade, eles se depararam com mais um pote de vidro. O agente usou a espátula para pegar o frasco, que era bem maior e estava cheio de documentos em francês.

— O senhor lê francês? — perguntou ele a Samuel.

— Não o suficiente para entender o que está escrito. Mas, se eu tivesse que adivinhar, diria que são extratos bancários.

* * *

Três dias depois, Samuel, Bernardi e o procurador-geral de São Francisco, junto com seu melhor procurador-assistente e vários agentes federais — incluindo um procurador, dois cientistas forenses e um funcionário do Departamento de Estado especialista em transações bancárias internacionais — estavam na sala de reuniões de Perkins, cercados por caixas de provas recolhidas no escritório e na casa do juiz.

— Alguma coisa no meio de tudo isso confirma que Peterson tinha uma conta secreta na Suíça? — perguntou Samuel.

— Sim, senhor — disse o funcionário do Departamento de Estado. — Ele tinha mesmo uma conta. Agora, a pergunta é: quanto dinheiro havia nela e de onde veio esse montante?

Samuel foi o primeiro a falar.

— Sabemos que Min Fu-Hok depositou cem mil em algum lugar. E parece que quase tudo foi para a conta de Peterson.

— Como você sabe que Min Fu-Hok mandou cem mil para uma conta na Suíça? — quis saber Perkins.

— Pelas cópias de extratos bancários que Jimmy Shu nos forneceu e pelo testemunho da Sra. Wuan. Passei tudo isso para você — respondeu Samuel.

— Eu lembro muito bem — disse Perkins, fingindo calma, embora Samuel pudesse ver que seus punhos estavam cerrados. — Só estou tentando juntar as peças. Além disso, tenho os registros do Bank of America que demonstram um depósito similar, feito por Conklin em uma conta na Suíça, também no valor de cem mil dólares. Então eu pergunto ao Sr. Especialista: como a gente vai provar que essa grana foi parar na conta de Peterson?

— A julgar pelos papéis encontrados no pote de vidro, parece que essa conta recebeu um depósito de cem mil — disse o funcionário do Departamento de Estado. — Conseguimos descobrir que, mais tarde, ele fez um saque de vinte mil.

— Então ele usou dez mil para pagar Quackenbush, e os outros dez estavam escondidos no outro frasco de vidro enterrado no jardim — concluiu Perkins.

— Esperem aí — disse o procurador. — Como vocês sabem disso?

— Peterson sacou vinte mil da conta — respondeu Perkins. — Mas havia apenas dez mil no frasco. Deduzimos que ele usou o dinheiro que falta para pagar Quackenbush.

— O que mais vocês sabem sobre esse tal Quackenbush? — perguntou o procurador federal.

— O bastante para convencê-lo de que ele deve entregar o juiz em troca de uma sentença mais leve — disse o procurador-geral de São Francisco.

— Além da propina, o que vocês têm contra o juiz? — quis saber o procurador federal.

— Vamos acusá-lo de cúmplice de assassinato — disse o procurador da cidade. — A guimba de cigarro na cena do crime e a folha de carvalho encontrada na calça de Quackenbush já são um bom começo.

— E isso é o bastante para convencermos Quackenbush a falar? — perguntou Samuel.

— A combinação é boa — respondeu Bernardi. — Nunca se sabe o que pode derrubar um safado como Quackenbush. Mas o argumento é: por que levar toda a culpa se ele pode fazer um acordo e passar menos tempo atrás das grades? O sujeito sabe como funciona o sistema.

O procurador federal se levantou.

— Acho que vocês já têm o bastante para acusá-lo de suborno na esfera estadual. Mas também podemos acusá-lo na esfera federal por esconder dinheiro com propósitos ilegais, isso para não falar na sonegação de impostos. O procurador da cidade e o Sr. Perkins precisam avisar ao advogado dele o que vem por aí. Se Peterson for condenado por suborno e assassinato, vai ver o sol nascer quadrado pelo resto da vida. E, se somarmos a isso os crimes federais, ele vai cumprir prisão perpétua.

— Vocês acham que Peterson sabe que, sem sua cooperação, nós nunca vamos obter os detalhes sobre a conta bancária na Suíça e, sem acesso à conta, não poderemos provar que ele de fato recebeu o dinheiro? — perguntou Perkins.

— Com os documentos que vocês encontraram no jardim, podemos deduzir com bastante segurança que ele recebeu o dinheiro — respondeu o procurador federal.

Samuel se levantou, meneando a cabeça com veemência.

— É mais do que mera dedução — argumentou ele. — O nome e as impressões digitais dele estão nos documentos. Além disso, tem o saque dos vinte mil e os dez mil em dinheiro no frasco enterrado.

Ele voltou a se sentar e se virou para Perkins.

— Mas eu tenho uma pergunta ainda mais importante: já posso escrever uma matéria sobre tudo isso?

— Amanhã vamos entrar com o processo contra Peterson pelos crimes no Estado, e então você poderá escrever — disse o procurador-geral de São Francisco.

Perkins baixou a cabeça, o rosto vermelho. Ele odiava não tomar todas as decisões.

— Mas e as acusações na esfera federal? — perguntou Samuel, tentando ajudar Perkins.

Recuperando-se rapidamente, Perkins abriu um sorriso. Mas, antes que ele conseguisse responder, o procurador da cidade interveio de novo.

— É só dizer que estão pendentes.

Samuel, sentindo pena de Perkins, tentou mais uma vez.

— O que você acha, Charles?

— Pode ser — respondeu ele, claramente infeliz ao ver seu poder usurpado.

— Tem certeza? — perguntou Samuel, lembrando-se da discussão que eles tiveram na calçada, quando ele e Barry Fong-Torres vieram até ele com o caso de Chinatown.

— É, acho que pode dar certo — retrucou Perkins com alguma pompa, esforçando-se para reestabelecer um pouco de sua autoridade. — Depois vou passar mais detalhes a você, assim poderá me citar no jornal.

* * *

Havia, porém, mais uma peça nesse quebra-cabeça. Samuel e Bernardi foram até a orla da baía para ver Jim Abernathy. Depois de uma rápida olhada, o segurança de preto os reconheceu e abriu o portão. Eles subiram as escadas do prédio que ficava de frente para o estuário de Oakland e entraram no escritório de Abernathy. Cumprimentaram Agnes, a secretária de cabelos castanhos, e informaram que tinham hora marcada com seu chefe. Ela aquiesceu e anunciou a presença dos dois.

Abernathy veio até a recepção cumprimentá-los.

— Que bom vê-los, rapazes. Vocês têm alguma novidade?

— Sim, senhor, temos novidades — respondeu Bernardi.

— Vamos nos sentar lá dentro — sugeriu Abernathy, conduzindo-os para sua sala com uma expressão ansiosa no rosto. — Posso oferecer uma bebida? — perguntou, quando todos estavam sentados à imensa mesa de jacarandá.

— Está meio cedo para mim — respondeu Bernardi.

— Vai ter que ficar para a próxima — disse Samuel. — Preciso terminar de escrever uma matéria que vai para as bancas hoje à tarde. Aliás, é por isso que estamos aqui.

— Sua matéria tem a ver com o que eu estou pensando? — Ele os olhava com apreensão.

— Sim, senhor — disse Bernardi. — Nós prendemos o assassino da sua filha.

Abernathy ficou pálido.

— Então não foi mesmo Conklin, já que ele está morto.

— Não, não foi ele — confirmou Bernardi. — Lamento dizer, mas foi o amante da sua filha quem mandou matá-la.

— Vocês estão brincando com a minha cara, só pode ser.

Os olhos de Abernathy estavam arregalados, incrédulos.

— Sinto dizer que não — respondeu Samuel. — O juiz Hiram Peterson contratou um bandido para fazer o serviço por dez mil dólares. E, caso o senhor ainda não saiba, Conklin pagou cem mil ao mesmo juiz para se safar dos processos criminais que enfrentou depois da morte de seu funcionário. Ao mesmo tempo, esse juiz estava tendo um caso com a sua filha. Pelo que deduzimos, ele deve ter pensado que a relação estava ficando perigosa demais, já que tinha aceitado a fortuna paga por Conklin. Então decidiu se livrar dela. Ou talvez ela tenha descoberto que ele era o juiz do caso do marido e, por isso, tentou pressioná-lo. A verdade é que nunca vamos ter certeza, a menos que Peterson nos conte, e duvido que ele faça isso.

— Foi um juiz que fez tudo isso? — perguntou Abernathy, perplexo, os olhos cheios de lágrimas.

— Sinto dizer que sim, Sr. Abernathy. Queríamos que o senhor soubesse de tudo antes de o Sr. Hamilton publicar o artigo sobre a prisão do juiz no jornal vespertino.

Abernathy secou os olhos com o lenço e verteu um pouco de uísque irlandês em um copo. Ergueu a garrafa na direção das visitas, mais uma vez oferecendo a bebida. Samuel e Bernardi aceitaram. Seria grosseiro não acompanhá-lo no brinde. Abernathy serviu uma dose para cada um, e os três bateram os copos solenemente.

— À minha filha, que Deus a tenha — disse Abernathy.

* * *

A manchete do jornal vespertino alardeava a notícia com letras garrafais:

IMPORTANTE JUIZ LOCAL É ACUSADO DE SUBORNO E ASSASSINATO. ACUSAÇÕES FEDERAIS A CAMINHO.

Assim que o escândalo tomou conta das ruas, o telefone de Samuel não parou mais de tocar. A maior agência de notícias do país tinha ouvido falar da história e, como corrupção judicial é sempre um tema nacional, outros veículos da imprensa ficaram ávidos por detalhes. Samuel passou o resto da tarde preparando material para compartilhar com seus colegas. Deu o dia por encerrado às sete, quando decidiu que era hora de seguir para o Camelot.

Excalibur estava esperando por ele no lugar de sempre, ao lado da Távola Redonda, e, enquanto Samuel dava um biscoitinho para o cachorro, Melba abria um sorriso triunfante e Blanche irradiava felicidade atrás do balcão do bar. Obviamente, já tinham lido o jornal.

— Mais uma vitória, Samuel — disse Melba, dando uma risada. — Agora você pode reconquistar seu antigo emprego.

— Eles já me ofereceram o dobro do salário e, se eu quiser, uma coluna no jornal — contou o repórter, com uma expressão satisfeita no rosto.

— E é claro que você disse que não, para dar uma de difícil, não é? — brincou ela, acendendo mais um Lucky Strike.

— Eu disse que ia pensar no assunto. Eles me trataram muito mal. E, se eu voltar a trabalhar lá, sempre vou ficar com um pé atrás.

— Pense no dobro do salário que ganha agora e naquele buraco onde você mora. Acho que isso já vai convencê-lo.

— Pois é, eu sei. Mas não estou com pressa. Eles podiam ter me oferecido o emprego de volta há muito tempo. Mas esperaram Conklin sair do jogo. Não gostei disso.

— Já chega dessa história. — Melba soltou a fumaça pelo nariz. — Vamos beber e comemorar.

Blanche trouxe um uísque com gelo para Samuel e lhe deu um beijo na bochecha. O repórter ergueu o copo em um brinde, e mãe e filha se uniram a ele com seus copos de cerveja e suco de laranja, respectivamente.

— Por que você acha que um juiz como ele, com futuro brilhante pela frente, aceitava suborno e se envolveu em um assassinato? — perguntou Blanche.

— Eu já me fiz essa pergunta muitas vezes desde que o desmascaramos — respondeu Samuel.

— Daqui a dez anos, um psicólogo vai dizer ao conselho de liberdade condicional que a mãe dele não o amava, então, por favor, tirem o pobrezinho da cadeia — ironizou Melba. — Mas a verdade é que aquele idiota não tinha caráter.

— Concordo. Mas como ele conseguiu enganar tanta gente por tanto tempo?

— Ele se aproveitou da reputação que havia conquistado com sua formação e suas conexões políticas, só isso — respondeu Melba. — Tem muitos cretinos iguais a ele por aí. A maioria vai se safar. Ele só se deu mal porque exagerou um pouco.

Todos assentiram e beberam em silêncio por um instante. Talvez sentindo o tom solene que a conversa tinha tomado, Excalibur lambeu a mão de Samuel debaixo da mesa. E, então, Blanche, cujos cabelos presos brilhavam sob as luzes do bar, falou:

— Isso me lembra de uma fábula de La Fontaine.

— Do que você está falando, menina? — indagou Melba.

— La Fontaine foi um autor de fábulas francês. Uma delas é sobre um bode que vivia puxando uma estátua em cima de uma carrocinha pelas ruas do vilarejo. A estátua tinha vestes antigas e muito bonitas e chamava muita atenção por causa disso. Com o tempo, o bode foi se achando o máximo, pensando que as pessoas estavam olhando para ele. Moral da história: o importante é a veste, não a estátua, e certamente não você, seu bode idiota!

Todos deram risada.

— Gostei — disse Samuel. — Aquele desgraçado usava sua toga para enganar a população e, obviamente, pensava que ela o protegeria, garantiria sua impunidade. Mas, no fim, ele era só um bode se achando o máximo.

— Imagine o estrago que o abuso de poder de Peterson causou à vida das pessoas — disse Blanche.

— Por falar nisso, o que aconteceu com Min Fu-Hok? — quis saber Melba.

— Jamais saberemos. — Samuel colocou o copo sobre uma das muitas manchas circulares da Távola Redonda. — Não adianta perguntar ao Sr. Song, porque ele não vai falar nada mesmo. E, quando eu pergunto para a sua sobrinha, Melody, ela só me diz para falar com o tio.

— Mais um mistério para você resolver, Samuel — disse Melba.

— Acho que não. Eu já tentei de tudo. Até pedi para Barry Fong-Torres me ajudar, mas ele também não conseguiu nada. Pelo jeito, vou ter que deixar essa para as autoridades.

Samuel deu de ombros e ergueu o copo mais uma vez. Seu olhar cruzou com o do barman.

— Traga mais uma dose de uísque com gelo!

Este livro foi composto na tipologia Adobe Garamond Pro,
em corpo 13/16, e impresso em papel off-white,
no Sistema Cameron da Divisão Gráfica
da Distribuidora Record.